鬼の軍人と稀血の花嫁

夏みのる

JN020284

STARTS
スターツ出版株式会社

人とあやかしの血を受け継いだ『稀血《まれち》』の少女は、自分が何者かを知らずに生きてきた。

理不尽に虐げられ、選択の意思を奪われ、その心はしおれてしまった。

そんな少女の世界は、『鬼使い』と名高い軍人の青年が現れたことで、少しずつ変わってゆく。

傷を秘めたふたりは互いの想いに触れ、いつしか唯一の恋を知る。

これは、少女が自分の人生を選び取ってゆくまでの過程と、特別な人に出逢う物語。

目次

鬼の軍人と稀血の花嫁

序章

月明かりがまぶしい夜のことだった。

「ようやく、見つけた」

凛《りん》とした声が耳朶《じだ》を打つ。

「この日が来るのを、待っていた」

そう言葉にしながら刀を向けてくる青年の姿に息を呑《の》む。

美しい風貌に目を奪われ、次の瞬間にはぶるりと身震いを起こした。こちらを見据える満月の如き色の瞳が、あまりにも冷え切っていたからだ。

「君は人間か、それとも――」

声が遠ざかっていく。すべて夢ならどんなによかっただろう。

薄れゆく意識で誰かの体温を感じながら、そう願わずにはいられなかった。

満月は導《しるべ》である。

探しているのは、唯一の光――。

＊＊＊

日出ずる国。華やかな街並み、文化、思想が交差する帝都。

この広大な都は遥《はる》か以前から、〝人間〟と〝人ならざるもの〟によって歪《いびつ》に形成されていた。

もとをたどると数百年前、至るところにはびこっていた異形の種族〝あやかし〟が事のはじまりである。

ときには人の姿に化け、ときにはおぞましい異型となり、あやかしは人の血肉を求めて多くの命を食い散らした。

だが、討伐隊の目覚ましい躍進によって勢力を追い込むことに成功する。

次第にあやかしは『妖界《ようかい》』という、この世とは切り離された場所に移り住むようになった。

しかし、ある一族だけは人の世に残り子孫繁栄を続けていたという。

その一族の名は、『禾月《かげつ》』。

姿かたち、知力は人と大差がなく、老若男女と見た目もさまざま。人間の血液を糧とし、体内に吸収することで生を維持している。

知恵を働かせて人の世にうまく溶け込み、社会的身分を得ている者も少なくない。

一方、あやかしの類いでも禾月とは異なるのが、『悪鬼《あっき》』だ。

それは災害や動乱などの原因により、人の世と妖界との間に道が生じてしまった際、まぎれ込むとされていた。

悪鬼は肉体がなく、知能も極めて低い。禾月とは比べ物にならないほど脆弱《ぜいじゃく》だが、実体を求めて生き物に取り憑《つ》く。

さらに力を得るため、本能に従って生き物を襲うことも多くあった。

そんな人ならざるものに日々密かに立ち向かうのが、討伐隊の後身、帝国軍直轄の特命部隊である。あやかし関連が大衆には秘匿とされる中、人知れず都の秩序を裏から支える精鋭揃《ぞろ》いの集団だ。

中でも隊を束ねる隊長は、軍きっての若き実力者。

鬼を宿した刀を無感情なままに冷然と振り、暴走した禾月や悪鬼を確実に仕留める姿から、禾月のあいだでつけられた異名は『鬼使い』。その存在は禾月の現首領の耳に届くほどで、帝都に潜む彼らの抑止力となっている。

また、軍人とは思えぬ人並み外れた美しい面差しが相まって、帝都民からの世評も高く一目置かれる人物だった。

禾月と悪鬼。

どちらも昔から帝都にあり続けているが、やはり警戒すべきは、より狡猾な禾月である。

人間と変わらない姿、頭脳があるだけに厄介以外の何者でもない。

ゆえに現在に至るまで、人間と禾月は共存とは名ばかりの、裏では両者が虎視眈々《こしたんたん》と覇権を握るべく策動していた。

そんな混沌渦巻くふたつの種族の間に、ある少女が現れる。

名は、深月《みづき》。

人間と禾月の血が混じって生まれた、稀血という本来生きることは不可能とされる、特別な存在だった。

一章

「わたしがどれほどおまえに目をかけてやったかわかっているな？　肩代わりした借金もこれで帳消しにしてやる。いいか、この縁談を受けるんだ」

深月が奉公先の大旦那から命じられたのは、いまだ厳しい冷気が漂う小寒のことだった――。


ここは多くの文明・文化が入り乱れる天下の大帝都。

深月が奉公女中として身を置く東区画の『庵楽堂《あんらくどう》』は、揚げ饅頭《まんじゅう》が売りの老舗和菓子屋である。

何代か前には宮廷に菓子を献上し、名誉称号を賜るまでになった商家だ。

誰もが納得の栄誉ある名店。それを継ぐ今代の庵楽堂の大旦那には、大切な愛娘の麗子《れいこ》がいる。

彼女は贅沢三昧《ぜいたくざんまい》させる両親や、おべっかを使う店の者たちから蝶《ちょう》よ花よと大切に育てられたせいか、超がつくほどのわがまま娘だった。

「信じられない、この愚図！」

左頬に集まる熱。

遅れて深月は、自分が平手打ちをくらったことに気づいた。

目の前には、こちらをきつく睨《にら》みつけた麗子が立っている。

「あんたの汚したこの着物、どれだけの価値があると思っているのよ！　あんたの給金を一年まとめて出したところで買えない代物なのよ!?」

「……申し訳ありませんでした」

また、と思いながら深月は頭を下げる。たとえ、心あたりがまったくなかったとしても。

今回は、麗子お気に入りの牡丹《ぼたん》の着物についたシミが原因だった。それを深月の失態だとして、麗子の罵倒を浴びているのだ。

（……どうりで、あの反応だったのね）

先ほど廊下ですれ違った若い女中の顔を思い出す。

麗子の側仕え。確か彼女は昼間に着物の整理をしていたはず。

深月が麗子の私物に触れるのはもちろん許可されていないのだが、なにか理由をつけて深月に自分の失敗をなすりつけたのだろう。

「ああ、助かったわ。正直に話したら、麗子さまに大目玉をくらうところだったもの」

「あの子がいると矛先がこっちに向かなくて済むものね」

「でも、さすがに深月の仕業じゃないって麗子さまも気がつかない？」

「事実なんてどうでもいいのよ。麗子さまはただ深月に難癖をつけたいだけだもの。だってあの子、嫌われているから」

ひそひそと、遠巻きに様子を見ている女中たちの声がする。

人より少し耳がいいのも困りものだ。いつも余計な言葉を拾ってしまうから。

（もう、何度目だろう）

ほかの女中が保身に走って責任転嫁するのは、いまに始まったことじゃない。でも、さすがに気が滅入ってくる。深月の心に鬱蒼《うっそう》とした影が落ちた。

けれど、ひとまずは麗子に怒りを鎮めてもらうのが最優先だ。

そう考え、低くした頭をほんの少し傾ける。

（あっ）

様子を窺《うかが》おうとしたところで麗子と目が合う。

いけない、と思ったときには遅かった。

「あんたのその顔、その目つき……いつ見ても本当に腹が立つわね！」

次は右頬に痛みが走った。

あまりにも理不尽な仕打ちだ。それでも、雇い主の娘である麗子に反抗は許されない。

（麗子さま、いつもより一段と機嫌が悪い。おそらく今日は、折檻《せっかん》部屋行きだわ）

あとの処遇を想像し、早くもこれまでに与えられた痛みが幻痛となってよみがえってきそうになる。

（……この生活にも、いつの間にか慣れてしまった）

深月が庵楽堂で女中奉公をするようになったのは、十四の年の頃だった。

同じ年の麗子とは五年の付き合いになるが、最初から深月を嫌っていたように思う。

麗子は身分上、華族ではない。けれど実家の庵楽堂が残した功績により、幼い頃から上級富裕層の扱いを受けてきた。女学校でも注目され、最近では欧化政策の一環として華族が主催する夜会にも招待されるほど。

さらにその容貌は、巷《ちまた》でも一等美人と評判の器量よしである。

その恵まれた生まれは麗子の自尊心を育てるには十分だった。

だからこそ、もっとも相容れない自分の存在が気に入らないのかもしれない。立場を誇示していたいのかもしれない。

それ以外の理由があったとしても、深月には理解できるはずもなかった。

それから数日後。大旦那に呼び出された深月が母屋に向かったのは、すっかり日が傾いた時間帯だった。

「失礼します、大旦那さま」

「入れ」

襖《ふすま》を開けると、畳の香りが鼻につく。

すぐに下座に移動し三つ指をついて礼をとる深月に、大旦那は前置きもなく告げた。

「おまえに縁談を用意した。相手は一ノ宮《いちのみや》家、天子の遠い外戚筋の人間だ」

（……え？）

鈍色《にびいろ》の瞳が動揺に揺れる。

一瞬、言われた意味がわからなかった。丸めたままの背中が、先日の折檻のせいでじくりと疼《うず》く。

どくり、どくり。

痛みと耳鳴りに混じって鼓動の音がいやに響いた。

「わたしに、縁談……ですか？」

「もとは麗子にきていたものだがな。先方にはすでに代わりのおまえを行かせると話を通してある」

麗子の縁談をどうして自分が？　女中奉公の身であるのに？　大旦那は本気で言っているのだろうか。

まだうまく状況についていけない深月の頭には、疑問ばかりが募った。

深月の年齢は、十九歳。

多少行き遅れの部類だけれど、近年、国は適齢期に寛容になりつつある。

深月も結婚など遠い先の話だと考えており、そもそも自分が誰かと夫婦になれるのか疑問すら抱いていた。

一番の理由は、亡き養父が背負っていた借金にある。

養父とは深月が十四の頃に死別したが、その際に大旦那から養父が金貸しと繋《つな》がりがあったことを教えられた。

深月に返せるわけもなく困り果てていたとき、借金の肩代わりを申し出たのがほかでもない大旦那だった。

そういった恩と経緯があり、身寄りのない深月は養父と暮らしていた借家を離れ、庵楽堂の奉公人として居候《いそうろう》する羽目になったのである。

それからというもの毎月の給金は大旦那に渡し、深月は肩代わりをしてもらった借金の返済だけに年月を費やした。

だからこそ、こんな自分が婚姻を結べるはずがない。

これといった取り柄もなく、麗子のように他者を惹《ひ》きつける器量もない。

灰色がかった黒髪は一見すると老婆のようで、手櫛《てぐし》だけで整えているので艶もない。

顔つきも、麗子にはよく『無意識に他人を不快にする顔』と嫌味を言われている。

そもそも、借金という問題が深月の人生の根底にある以上、誰かと一緒になるのは難しい話だったのだ。

（……なのに、縁談だなんて）

言葉にできない深月の心情などおかまいなしなのか、大旦那はさらに続けた。

「おまえにとっても悪い話じゃないだろう。本来の身元も不確かな娘が、本妻でなくても一ノ宮家の者になれるんだ」

「……本妻では、ない？　その方は、すでに奥方を娶《めと》られているのですか？」

縁談を受け入れているわけではない。けれど、さすがに聞き捨てならなかった。

「ああ、伝え忘れていたか。おまえの縁談相手は、一ノ宮誠太郎《せいたろう》。一ノ宮現当主の叔父にあたる方だ」

（その人って……）

縁談相手の名には、悪い意味で聞き覚えがある。東区画ではいろいろと有名な人だ。

一ノ宮誠太郎は、一ノ宮前当主の次男。繁華街の料亭では毎度芸者に手を出し、すでに妾《めかけ》を幾人も囲い込んでいる女好きで名が通っている。

「さて、これで話は終わりだ。早く下がれ」

大旦那はさっさと出ていけと手で払う仕草をする。

深月は唖然《あぜん》とするしかなかった。

縁談話を告げられて、相手を教えられ、それでもう終わりなのか。

「お待ちくださいい大旦那さま。わたしには、まだ借金が……っ」

「深月、なにを勘違いしているんだ」

間髪入れず面倒な表情をした人旦那は、深月の声を遮る。そしてさも当然のように言った。

「もとからおまえの意見は聞いていない。ここに呼んだのは、決定を伝えるためだ。肩代わりした借金もこれで帳消しにしてやる」

「……っ」

「いいか、この縁談を受けるんだ」

徐々に力が抜けていく。

どうして意見を言えると思ったのだろう。答えはもう、決まっているのに。

「……かしこまりました」

もとより選択の意思などゆだねられていないと、深月は十分にわかっていた。


話が終わり、深月は私室として使用する物置小屋に戻ってきた。

（縁談……）

深月は閉めた戸に背を向け、その場にずるずると座り込む。膝を抱えると、薄い小袖のすれる音がやけに響いて聞こえた。

（わたしが、麗子さまの代わりに？）

もとはこの縁談、麗子にきたものだったという。しかし誠太郎の評判を知っていた麗子がうなずくはずもなかった。

（それでここ最近、あんなに機嫌が悪かったんだ）

相手は華族で、公侯伯子男《こうこうはくしだん》の五爵位のうち第二位を賜る旧国主。尊い血族と縁のあある、侯爵家だ。

いくら庵楽堂が宮廷と面識があり実績と権力を握っていても、さすがに相手が悪かった。だから、失ってもかまわない同じ年頃の深月を差し出そうと考えたのだろう。

（……麗子さまの代わりに、なれるはずもないのに）

どんな理不尽な叱りを受けようと、寝る間も惜しんで働き詰めの日々になろうとも、大旦那には大きな恩がある。

借金返済のため、つらい折檻にも耐えられた。麗子に便乗して仕事を押しつける女中たちにも耐えられた。不自由な暮らしにも、空腹にだって耐えられた。

耐えるばかりだったそれらは、いつの間にか深月の当たり前になっていった。

全部、全部、受け入れられた。けれど。

「…………」

深月は重いため息を落とし、虫籠窓から暗い夜空を見つめる。

いまの心情を映し出す鏡のように、今宵は月のない曇天だ。

蝋燭《ろうそく》ひとつない四畳半ほどの場所が、この瞬間だけは牢獄《ろうごく》のように感じてならない。

「……嫌。縁談なんて、嫌」

明かりのない空間に、消え入りそうな声が何度も響いた。

「嫌だ……嫌、なのに」

誰にも言えないからこそ、繰り返しつぶやくことしかできなかった。

合間に、深月はいつもの癖で右手首の組紐《くみひも》に触れる。

それは養父から授かり、唯一深月の手もとに残ったもの。硝子石《がらすいし》が嵌《は》め込まれた組紐は、こうして触れるたびに深月の精神を安定させてくれた。

動揺や不安、恐怖や苦しみ。そういった負の感情が、組紐に触ると消えるような気がして。

最初から逃げ場などないこの状況に、本心を覆い隠すよう縋《すが》り続ける。

本当に効果があるのか定かではないものの、渦巻いていた葛藤が次第にゆっくりと薄れていく感覚があった。

（……本当に、わたしにはなにもない）

深月はもともと孤児だった。実の両親は赤子の深月を置いてどこかへ行ってしまったらしい。

そんな深月を引き取ったのが、血の繋がらない養父である。けれど身の回りのことを自分でできるようになってからは、一緒にいる機会も減っていった。

それでも、多くて週に二、三回。少なくても週に一度は物資を届けるため深月に会いに来てくれた。

だが、ある日突然、養父は見るも無惨な傷だらけの状態で帰ってきた。

最期の言葉もろくに交わせないまま、養父は深月に看取られ命を落とした。彼がどんな仕事に就いていたのか、いまとなってはわからない。

（……いつも、こうだわ）

顔も知らない、思い出のひとつもない親に捨てられた。

自分を育ててくれた人と死に別れ、嘆く暇もなく庵楽堂のご厄介になり。転々と生きる深月には、本当の居場所というものがなかった。

自分にはなにもない。ないからこそ、養父の借金を返すという名目が深月の生きる意義だった。

でも、それがなくなるのなら、深月に残るものはない。

なにもない人生ほど虚しい生きざまはないと思う。もはやそれは、人の本質すら見失いかねないから。

（これから先、わたしは……どう、なるんだろう）

縁談を受け入れ、借金返済から解放され、妾だらけの男に嫁いだとして。

深月はいつも考えていた。なにもない自分が、特別ななにかに変わる日は来るのだろうか、と。

決して贅沢は望まない。

ただ、明日も生きていきたいと思えるだけの〝なにか〟にめぐり逢《あ》える日が来るのだとしたら。いつか、どうか自分のところへ来てほしい。

叶《かな》いもしないとわかりきった、出すぎた願いだとしても。


ひと月後、深月は祝言の日を迎えた。

場所は一ノ宮家の別邸。一ノ宮家の使用人によって白無垢《しろむく》に身を包んだ深月は、婚儀の時刻まで別室で待機をしていた。

自分には不相応の豪華な衣装と施しが、重量以上に肩にのしかかってくる。

落ち着いて座ることもできず所在なく立っていれば、背後から声がした。

「あら、見てくれだけは立派ね」

「……麗子さま」

振り返った先に見えたのは、珍しく機嫌のいい麗子の顔。

深月は口をつぐんだまま畳に目を落とした。

「あんたの顔を見に来てあげたのよ、深月。一ノ宮に嫁いだら、こうしてゆっくり話す機会もないからね」

そう言いながら、麗子は深月と相対する。

「もうすぐ祝言が始まるわね。ねえ、いまどんな気持ち？」

「…………」

「そう、言葉にできないほど嬉《うれ》しいのね」

ころんと鈴を転がすような笑い声。

初めから深月の言葉など待っていない麗子は、好き勝手に口を動かす。

「どうもありがとう、あたしの身代わりさん」

「……っ」

「あんな女性関係にだらしないおじさんに嫁ぐなんて、絶対に嫌だったもの」

ここに来てまで、まざまざと思い知らされる。気に入らなければ嫌だと突っぱねて選べる麗子と自分との差を。

なにも言葉が出てこないことに、もう一種のあきらめすらあった。

そもそも奉公人と雇い主の娘という関係であるため、気軽に話してはいけなかったし、もとより深月を目の敵にしていた麗子と対等に話すなんてできなかった。

その理由も、結局わからずじまいになりそうだが。

（……この嫌味も、今日まで）

いまは祝言だけに意識を集中させよう。

そう思って目線を上げた深月は、無言のまま麗子を見据えた。

普段はうつむくことを強いられ、ろくに顔を合わせられずにいたけれど、これでお別れなら、という気持ちで前を向く。

「深月……」

麗子の眉が、ぴくりと反応する。

思いきりのような決意の表れでの行動が、思いのほか麗子には気丈なさまに見えたのかもしれない。麗子はキッと目じりを吊《つ》り上げ、深月の懐に掴《つか》みかかってきた。

「あんたの、その顔が気に入らなかったって言っているのよ！」

衝撃を受け、末広が畳に落ちていく。慣れない正装に足をとられ、深月は滑るように背中から転倒してしまった。

「……っ」

小さな痛みに体が跳ねる。なんとか片手をついて体を支えたが、後ろに置かれた化粧棚の角に右腕を擦ってしまったらしい。

（いけない、打掛に血が！）

痛む箇所に目をやり、深月は自分の怪我はそっちのけで素早く手ぬぐいを取り出した。右腕からにじんだ血が、体を覆う羽織の袖に触れそうになっていたからだ。

「……ふん、せいぜい可愛がってもらえばいいわ」

汚してしまっては大変だと焦る深月の姿を見下ろし、麗子は興ざめした様子で部屋から出ていった。

嵐が去った心地で、深月は短く呼吸を繰り返す。

そのすぐあとに入れ替わりで一ノ宮家の使用人がやってきた。

「ご移動ください」

祝言の刻を知らせる声は、あまりにも素っ気なかった。

気の利いた祝いの言葉も、めでたい空気もいっさいない。

それだけで、結婚相手の誠太郎が使用人からどんな心象を抱かれているのか予想がつく。この婚儀がそれほど重要視されていないということも。

「はい、ただいま」

深月は怪我をした右腕に手ぬぐいを巻きつけ、腰を上げた。

(……目まぐるしくて、虚しい)

落とした末広を挿し直し、重い裾を引きずって、悪評だらけな男のもとに向かう。

手首の組紐をそっと撫《な》で、歩いていく。

心にくすぶる憂いのすべてを、いつものように押し殺しながら。

腕に小さな傷を作ったものの、深月は無事に祝言を終える。

大々的でなければ参席者はごく少数の、つつましやかなものだった。

儀式自体も拍子抜けするほど簡易的なものであり、隣に座る誠太郎ともろくに会話がないまま、深月は別邸の離れに通された。

人気《ひとけ》のない板の間を進み、指定された部屋の襖を開ける。

薄暗い照明や敷かれた布団を目前にして、深月は呆然《ぼうぜん》と立ち尽くしてしまった。

（そ、そう……だよね）

日はとうに沈んでいる。

肌襦袢《はだじゅばん》だけになった自分がこれからなにをするのか考えて、未知の行為に足がすくみそうになった。

（あの人が、わたしの旦那さま）

祝言で初めて対面した誠太郎の姿を思い出す。

歳は四十代後半、上背は深月より少し高いくらい。脂が浮いた肌と汗でくっついた髪が記憶に残る男性だった。

彼は麗子に一目惚《ひとめぼ》れをしていたという話だが、祝言では深月を見てにこにこと上機嫌に笑っていた。麗子が相手ではないことも承知しているようだった。

こんな自分が気に入られるなど、どう考えてもあるはずがないのに、心底疑問である。

「待たせたな」

後ろの襖が開かれて誠太郎が姿を現した。湯浴みは済ませているようだが、やはり少し頬が皮脂で光っていた。

誠太郎はにやりと笑い、硬直した深月に歩み寄ってくる。

「だ、旦那さ――」

瞬間、深月の体が大きく後退した。

なにが起こったのかわからず一拍ほど思考が真っ白になったが、すぐに理解する。布団の上に、押し倒されたのだ。

「深月……ふう、麗子も美しかったが、おまえには底知れぬ色気がある。おまえでもいいと了承して正解だったなぁ」

鼻息を荒くした誠太郎が、着物をはだけさせながらにじり寄ってくる。ようやく深月は、すでに初夜が始まっているのだと悟った。

「ひっ……」

組み敷かれ、小さく声が漏れる。

我慢しなければと唇をきつく引き結べば、誠太郎が興奮した様子でにやついた。

（動いてはだめ、逆らってはだめ、逃げてはだめ）

硬直した深月を満足そうに見下ろした誠太郎は、舌なめずりをしながら言う。

「ほらほら。観念してわたしに体を……」

そうして深月の右手首を誠太郎が強く引っ張り上げた直後、ブチッという音が耳に届いた。

（……え）

音がしてすぐ胸もとに降ってきたのは、深月の組紐だった。

おそらく誠太郎の指が引っかかり、切れてしまったのだろう。

「そんな……っ」

我に返り意識がそれた深月の体からこわばりが解けていく。

深月は急いで身を起こし、自由がきくもう片方の手でちぎれた組紐を掴んだ。

古いものだが、これまで一度も切れたことがなかった組紐。まさか自分の一番大切にしていたものが、いまこの状況で壊れてしまうとは思わず、驚きを隠せない。

（……？）

そこで、気づく。散々聞こえていた誠太郎の声がいっさいしなくなったということに。

だというのに、まだ右手首は彼によってきつく掴まれたままだ。

深月はハッとして、急ぎ頭を下げた。

「……も、申し訳ございませんっ」

初夜を中断してしまっていたことのお詫《わ》びをすかさず告げる。

それから顔を見上げ、視界に入った誠太郎に深月は目を見張った。

「……旦那、さま？」

まず見えたのは、血走った目に口端から伝う唾液。誠太郎は沈黙を貫きながら、とんでもない形相で深月の腕を凝視していた。

（わ、わたしの腕になにが……あ）

手ぬぐいを巻いていた腕を確認する。

襦袢の袖がめくれ上がり見えた白地の手ぬぐいには、雨粒をひとつ落としたような赤がにじんでいた。

誠太郎はそこばかりを注視していたのだ。徐々に荒くなっていく息づかいは、組み敷かれたときとなにかが違う。

言いようのない嫌な予感が、深月の胸中をよぎったとき。

「……血だぁ」

不穏めいた空気が、そのひと言で確たるものになった。

「はあ、はあ、血の匂い、はあ、いい匂いだ。この匂い、そうだこの血だ、はははは！」

突然、誠太郎は高笑いを始めた。

(どうしたというの、旦那さまの様子が……っ)

誠太郎は深月に狙いを定め、なにかを再確認するように、鼻から深く空気を吸うと。

「早くおまえの血をよこせ!!」

その叫びとともに、誠太郎は布団の端に置かれた護身用の短刀に手をかけ、深月に向かって容赦なく振り回した。

身の危険を感じた深月は、なんとか立ち上がり刃から逃れるように動く。しかし、そこまで広くもない室内に逃げ場はなく、あっという間に距離を詰められてしまった。

(……ああ)

足はもつれ、よろけて、倒れそうになる。ここまでか、と観念した。

体勢を立て直す暇も与えず、誠太郎の短刀が深月に振り下ろされようとした、そのとき。

誰かが、後ろから力強く深月の体を抱き支えた。

「悪鬼よ、眠れ」

静寂を連れた声が頭上から降り、鼓膜を震わせる。

背中に伝わる確かな人のぬくもり。肩に添えられた大きな手は、危険からかばおうとする意思が感じられ、深月の体をさらに引き寄せた。

「がああっ！」

前を見据えると、暴れていた誠太郎の肩口に妖しい輝きを放つ刀剣が深く突き刺さっているのが確認できる。

やがて誠太郎は魂が抜けたように膝から崩れ落ち、倒れ込んで意識を失った。

(なにが、起きたの……?)

刺された誠太郎を目《ま》のあたりにし、深月は動揺を隠しきれずその場にへたり込んでしまう。

そんな深月の前には、二十代半ばらしきひとりの青年の姿があった。

「討伐、完了」

生々しい音を立て、青年は誠太郎から刀を容赦なく引き抜く。その場で刀身を振ると、畳や壁にぴしゃりと鮮血が散った。

「……あ」

深月の唇からは、空気を含んだ短い声がこぼれる。

いまになってようやく、自分は間一髪のところを助けてもらったのだと理解した。

そして全開になった襖を一瞥《いちべつ》したあとで、視線を青年のほうに戻す。

(帝国軍の、制服……)

月明かりに照らされ佇《たたず》むのは、軍服を身にまとう秀麗な青年だった。

ほのかに漂う血の香りに、目眩《めまい》がしそうになる。

ゆえに目もおかしくなってしまったのだろうか。青年の握るその刀が、なんとも不思議なことにうっすら赤い光をまとっている気がした。

「あなた、は……」

頭が混乱して、続く言葉が見つからない。誠太郎が部屋に入ってきてからいままでのことは、すべて夢なのではないか。

そう考えそうになるけれど、外から吹き込む凍てついた冷気が、ここは確かな現実なのだと教えてくれていた。

深月はもう一度その立ち姿を目に焼きつけた。

すると、青年が口を開く。

「君は……」

流れ込んだ夜風が、すっくと立つ青年の胡桃染《くるみぞめ》の髪をなびかせた。目深にかぶった軍帽の奥からは、満月を彷彿《ほうふつ》とさせる淡黄の瞳が覗《のぞ》いている。

「なに!?」

青年の視線が、一瞬だけ深月から自身の刀身に移った。

確かめるように動いたまなざしが深月のほうへ戻ったとき、激しく意表を突かれた表情に変わっていた。驚愕《きょうがく》と渇望が一緒くたに表れたような顔で深月に見入っている。

「……ようやく、見つけた」

凛とした声が耳朶を打つ。

「この日が来るのを、待っていた。ずっと探していた、君を」

まるで戯曲の台詞を朗読されているかのようだった。

羅列だけを耳にするなら、愛や恋を語る大衆小説の一文にも思える。

だが、そんなに甘く呑気《のんき》なものとは違う。この瞬間にも刀の切っ先は、深月の喉もとに寸分の狂いなく向けられていたのだから。

(この人は、何者なの)

助けられたのだと思っていた。それなのに今度はこの青年が深月に刃を突きつけている。

なりを潜めていた焦りと恐怖の感情が、またも鎌首をもたげた。

「君は人間か、それとも……禾月か」

それがなにを意味するのかわからない。初めて聞く言葉だった。

「か、げつ……」

つぶやいた自分の声が段々と遠のいて、体の自由がきかなくなる。

これまでのことが、すべて夢ならどんなによかっただろう。

薄れる意識で誰かの体温を感じながら、深月はそう願わずにはいられなかった。


恐ろしい悪夢を見た。

まるで狂気そのものになった男に、殺されそうになる夢。

誰かが助けに入ってきたはずだが、どうだっただろうか。

ああ、それよりも。すぐに体を起こして朝食の支度を始めないと。

鳥がさえずるよりも早く、日の出よりも早く、誰よりも早く。

借金返済のため、今日も仕事は山積みだ。


「ん、んん……」

そこで、深月は目を覚ます。

視界に広がるのは、記憶にない西欧風の天井だった。

深月は身を起こし、周囲を見渡した。

洋風の調度品に囲まれた室内は、窓明かりに反射してきらきらと輝いて見えた。

(ここは……)

頭はまだふわふわとたゆたっている。

これは夢の延長なのかもしれないと深月が疑い始めたところで、コンコン、と控えめに音が鳴り、左奥の扉が開かれる。

「失礼いたします。まあ、お目覚めでしたのね」

入ってきたのは三十代半ばほどの、嫣前《えんぜん》と微笑む女性だった。

「ちょうどご様子を窺うところでしたの。よく眠ってらしたので、どうしようかと思っていたのですが」

女性はそう言いながら、両手に抱えたたらいを近くの卓子《たくし》に置いた。

「あの、すみません。あなたは……」

おそるおそる尋ねる深月に、女性は「あらっ」と声を上げる。

「申し遅れました。わたしは朋代《ともよ》と申します」

「朋代さま……」

「嫌だわ、朋代さまだなんて。どうか朋代と呼んでくださいまし」

どこか気品をまとわせる女性――朋代は、口を手のひらで隠してころころ笑う。

「普段は本邸の女中頭を務めております。さあ、いつまでも襦袢一枚では風邪を引いてしまいますわ。まずはお支度を整えましょう、お嬢さま」

(おじょう……さま……?)

それからの朋代は凄まじく動作が早かった。

お湯入りのたらいに浸していた手ぬぐいを絞り、丁寧かつ素早く深月の顔や首もとに当てて拭き上げる。言葉を挟む間もなく姿見の前に誘導され、色艶やかな飛翔鶴《ひしょうづる》の着物に袖を通すと、次いで洋物の化粧台らしき場所に座らされた。

「あ、あの、朋代さ……ごほっ」

詳しい説明を聞こうと口を開けば、緊張による喉の渇きで咳《せき》をしてしまう。

すかさず朋代は水を注いだガラスの容器を差し出してきた。

「あらあら、大変だわ。わたしったら気が利かないでごめんなさい。慌てずゆっくりお飲みくださいね」

「す、すみません」

息が詰まりそうになりながら、深月は渡された水の杯にちびちびと口をつける。

その間にも朋代は深月の髪を整えていた。

「お嬢さまの御髪は絹糸のように細くてお綺麗《きれい》ですね。冬は空気が特に乾きますので、少し元気がないようですけど。香油を塗り込めばより艶やかになりますわ」

木櫛で髪を梳《と》かされる。ときおり、ふわりと花の香が鼻腔《びこう》に伝った。

「……ここは、どこなのでしょうか？」

ようやく呼吸を落ち着けた深月は、鏡越しに見える朋代に尋ねた。

「ふふ、まだ完全にお目覚めではないようですわね。もちろん、ここは特命部隊本拠地、その別邸ですよ」

朋代は微笑ましそうに、さも当然のように答える。

（特命部隊……それって、帝国軍の……）

じわじわと、おぼろげにあった脳裏の光景が鮮明になっていく。

「それにしても、暁《あかつき》さまも隅におけないわぁ。嫁にも縁談にも関心がない素振りだと思っていたら、こんなにも素敵な方をお連れになるなんて。それも大層な別嬪《べっぴん》が好みだったのねぇ」

「あか、つき……？」

「朋代さん、いったいなにをしているんだ？」

深月のつぶやきに、もうひとつ困惑混じりの声が重なった。

横を向くと、扉の取っ手を掴んで立ち止まった青年の姿がある。

（この人は……）

夜空に浮かぶ満月のような瞳。胡桃染の髪が、昼光に溶けてより皓々《こうこう》としている。

「まあ、暁さま。なにをと言われましても、ご指示のとおりお召し替えを」

「確かに着替えを頼んだはずだ。だが、着飾ってくれとはひと言も……」

「嫌だわ、これでもまだ序の口ですのよ。これから御髪を結って、化粧をして差し上げて、さらに――」

「すまない、朋代さん。いまは少し席を外してくれないか」

暁、と呼ばれた青年は、朋代の言葉を遮り軽く目配せをする。

「あら。とてもとても名残り惜しいですが、承知しました。お嬢さま、またお手伝いさせてくださいませ」

深月の世話を楽しんでいた様子の朋代だったが、暁の指示を受け早々と退室した。

扉が閉ざされ、ふたりきりになる。

いきなりの状況に深月は化粧台の椅子から動けずにいた。

「……気分はどうだ」

つかの間の沈黙を共有し、暁が口火を切る。

忘れるはずもないその端正な面差しに、深月の中で夢だと思っていた記憶がすべて繋がった。

すらりと伸びた背丈に、細身ではあるがほどよく引き締まった筋肉。服の上からでも鍛えられた体躯《たいく》だというのが素人目にもわかる。

身にまとっているのは、金銀糸を惜しみなく施した刺繍《ししゅう》が印象的な、黒に近い濃紺の軍服。肩には金の飾緒《しょくしょ》が揺れている。腰には刀が携えられており、漆黒に染まる柄には真紅の飾り紐が結ばれていた。

「わたしは朱凰《すおう》暁。帝国軍特命部隊隊長の任に着いている」

「……深月と申します」

手短な自己紹介を告げられ、反射的に深月も頭を下げつつ名乗った。

「君は昨晩の騒動をどこまで覚えている？」

次いで問われて、あの出来事からすでに半日近く経過していたことに深月は驚いた。

「ひととおりは……覚えているかと思います」

もちろん、耳に残るあの意味深な発言も。

『この日が来るのを、待っていた』

『ずっと探していた、君を』

あの言葉はいったいなんだったのだろう。

それだけじゃない。誠太郎の様子がおかしくなった原因も、どうやら彼は知っているようである。

「なにが起こっていたのでしょうか。どうしてわたしは軍の建物に？　それに、旦那さまの様子も……あ、あの、旦那さまはご無事なのでしょうか？」

「…………」

深月の問いかけに、暁はわずかな疑心を眉宇《びう》に漂わせる。

染みついた癖のせいで、深月はびくりと肩を跳ね上げた。彼の気分を害してしまったと勘違いしたのだ。

「申し訳ございません、長々と厚かましく聞いてしまって……」

「うつむくな。表情《かお》が見えない」

目線を下げた深月のあごに暁は指をかけ、くいとすくい上げる。

凪《な》いだ瞳に見据えられ、深月はその体勢のまま固まった。

手袋越しに熱が伝わってくる。じっと探るような視線と絡まれば、わずかに鼓動が速まった。そらしたくても、うまく体が動かない。

「君の言う旦那とは、一ノ宮誠太郎だな。彼は無事だ。いまは容態も安定していると報告を受けている」

それを聞いてひとまず深月は安堵《あんど》の息を吐く。

「昨晩の事態や、君の身柄を預かっていることについてだが。順を追って説明する前に、まずは君の口から確認をとりたい」

(確認……？)

続いて発せられた暁の問いに、背筋に冷たいものが走った。

「君は、稀血だな？」

彼の瞳は、すべてを見透かすようにまっすぐこちらを向いている。

嘘《うそ》は絶対に許さない、そう言われているようだった。

だからこそ、深月は間を置かずに答える。

「……稀血、とは、なんですか」

「稀血を知らないだと？」

下あごに触れたままの長い指に、ほんのり力が加わる。

傍から見れば勘違いを生みそうな体勢だが、深月はその意を悟った。

暁は見逃さずにいるのだ。深月の瞳の動きや、頬の筋肉のこわばり、唇の動き、そして首の血管から拾える音を。虚偽の取りこぼしがないように。

「白々しい冗談に付き合う暇はなかったが、君は本当になにも知らないのか」

「わたしはなにかを、知っていなければならないのですか……？」

しばらく室内を静寂が包む。

長いようでいて本当のところ、それほど時間は経っていなかったのかもしれない。

「……これは、民に伏せられた事実だが」

暁はそっと、深月から手を離した。そのまま三歩ほど距離をとり、腕を組む。

「数百年も昔、あやかしという異形の種がこの世にはいた。人の姿に化け、異型の化け物になり、命を食い荒らした畜生共が」

作り話や街中の人形芝居、劇や創作の中で描かれるような内容を、暁は淡々とした口調で並び立て始めた。しかしそれは冗談でも、おとぼけでもなかった。

「人々の命がけの攻防により大部分のあやかしは人の世から消えたが、禾月というあやかし一族だけは、それに反して人の世に居続けた。いまもこの帝都を根城にし、人の血を飲み、糧として生きる者たちだ」

(……血を、飲む?)

禾月とは、あの夜にも問われた言葉。なぜだろう、心臓の音がうるさくて仕方がない。

絵物語のような話に、妙な緊張が走る。

「禾月は、同種である禾月と交わり繁栄する。しかし帝国軍が代々編纂《へんさん》した文献には、人間と禾月の間に生まれた存在の記録がわずかに記されていた。両者の血を受け継ぎ生まれた者。それを示す言葉として使われるのが、〝稀血〟だ」

「稀、血……」

暁によれば、特殊な混じりによって生まれた稀血には、独特の香りがあるのだという。

中でも〝血〟の匂いは、非力な者ほど嗅いだだけで気の昂《たかぶ》りと狂暴性を誘発させ、血を求めて襲いかかってくる。その最たるものが悪鬼というあやかしの類いだった。

「人の世と妖界の間に生じる歪から現れる悪鬼は、実体を持たないため生き物に取り憑く。一ノ宮誠太郎の変貌もそのためだろう」

誠太郎はさまよう悪鬼に取り憑かれてしまっていた。体内に潜伏していたが、深月の右腕の怪我から漏れた血の匂いによっておびき出され、あの事態を招いたのだ。つまり……。

「わたしが、その稀血だと？」

「ああ、そのとおりだ」

確認したいと言っていたわりに、彼の曇りなき目はもう確信していると告げているようだった。

口の中が乾いていく。自身の体に巡る血の半分が人ならざるものだと伝えられても、いささか信じがたい。

（頭が、うまく働かない）

無意識に身震いを起こした深月になにを思ったのか、暁の威圧感がかすかに薄れた気がした。しかし、それも一瞬。

「君は極めて危険な状況にある。なぜこれまで気配を嗅ぎつけられていなかったのかは調査中だが。このまま対策を講じずにいるのなら、稀血の香りに引き寄せられた悪鬼どもの餌食になり得るだろう」

暁は淡々と事実だけを述べていた。

これまでの話を素直に信じていいのか、深月はためらう。だが、帝都の軍人ともある人が一介の民に無意味な嘘をつくとも思えない。なにより昨晩の出来事を見たあとでは、納得せざるを得なかった。

「稀血について謎はまだ多いが、悪鬼、禾月のどちらにとってもその存在は魅力的に映るはずだ」

（だとすれば、わたしは本当に……また、襲われるかもしれない？）

底が知れない畏怖に寒気がした。

眼球の血管が浮き出た、あの恐ろしい形相が何度も去来する。

「このままでは一ノ宮家の方にもご迷惑がかかる、ということですか……？」

まだ自覚はないけれど、深月は一ノ宮と祝言をあげた身である。ご厄介になる先に迷惑をかけるわけにはいかないと心配になった。

そんな深月の発言に、暁は眉根を寄せていた。

「いま話すべきか、判断しかねていたが」

「……？」

「昨日の祝言に関して報告が上がっている。一ノ宮現当主は、庵楽堂の店主に縁談のすべてを白紙にする旨を伝えたそうだ」

「白紙？」

もともと今回の縁談は、当主不在の際に誠太郎が一ノ宮の名を使い取りつけたものだったらしい。誠太郎の甥《おい》にあたる当主は、昨晩帝都に戻ってその一連の流れを知り、今朝には白紙の知らせを出したのだという。

当主も叔父の気随気ままな振る舞いには手を焼いていたらしく、今回の件で厳しい処遇を与えると決定したそうだ。

普通は祝言が済んでしまった段階であるため、簡単に罷《まか》りとおるものではない。天子の遠い外戚という立場を盾にして無理にでも収められたのだろう。奉公先の主人として送り出した大旦那は、どう転んでも面目丸潰れだが。

(それなら、わたしは……)

途方に暮れるとは、まさにこのような状況を当てはめて使うのだろう。

縁談の白紙。だからといってそう都合よく庵楽堂に戻れるとも思えない。帰る場所を持たない深月が先の未来を想像したところで、待っているのは身動きがままならない行き止まりのような現実だけだった。

「そこで、提案だが――」

「すげーぞ、アキ！　おまえの推測どおりだ！」

暁の言葉を遮るように、扉が荒々しく開け放たれた。

(お、お医者さま？)

ずかずかと大股で入ってきたのは、色とりどりの奇天烈《きてれつ》な洋装をした医者である。

少し癖のある黒髪をひとまとめに結び、黒茶色の瞳がはつらつと輝いていた。ほのかに垂れた目じりときりりとした短めの眉幅が印象的な青年で、年頃はいままさに眉間に皺《しわ》を寄せた暁と同じ二十代半ばだろうか。

西洋医学の知識が取り入れられる昨今、帝都の医者は洋装、または和洋折衷の服の上から白衣を着用する者が半数を占めていた。いきなり現れた白衣の青年も身なりは道を歩く医者に近しいが、いかんせん奇抜である。

「検査結果、大当たり。稀血だったぞ！」

意気揚々と青年が声に出すと、暁は少しだけ目をすぼめた。

「話途中だ、静かにしろ」

「こんなときに静かにしていられるか。俺のたぎる興奮を鎮めることは、いくら鬼の隊長と言われるおまえだろうと――」

「うるさい」

暁はため息混じりに青年の頭部へ拳を下ろした。しかしそれは軽く小突く程度の強さで、ふたりの関係性が垣間見える。

「……って、おっと。もう目覚めていたんだな」

呆然と成り行きを見ていた深月の視線を感じ取り、青年は嬉々《きき》として近づいてきた。

「俺は不知火蘭士《しらぬいらんじ》、医者だ。あんたの腕に巻かれた手ぬぐいを拝借して、血液を調べさせてもらった。本当に稀血だったとはたまげたぜ」

不知火の言葉に深月はすぐさま右腕を確認してみる。そこには祝言前に巻いていた布ではなく、代わりの包帯がしっかりと傷口を押さえていた。

「童天丸《どうてんまる》から聞いたと言ってはいたが、俺に声は聞こえないから半信半疑だったんだ。ところがどっこい成分がはっきり合致ときた。これで騒がずにはいられないだろ！　それで稀血ちゃん、さっそくいろいろ聞きたいんだが――」

「やめろ、蘭士」

不知火の首根っこを暁がずいと引っ張る。そのまま深月から離すと、現状説明をした。

「彼女に稀血だという自覚はなかった。それどころか禾月や悪鬼の名さえ知らない」

「自覚がなかったって……おいおい、そんなことあるのか？」

「そうなのだから仕方ない」

暁が簡素な口ぶりに、不知火の視線が一瞬ちらりと深月のほうへ動いた。

「いや、それじゃあおまえ、いままでなにを話していたんだよ。てっきり俺はおまえの――」

「不知火」

とたんに空気が張り詰めた。

暁の一瞥によって不知火はすぐさま発言を止める。妙な雰囲気になり、それから暁は気を取り直し、先ほどまでしていた会話の内容を大まかに話した。

「へえ、ふうん、そうか。なら、俺が言った童天丸がなんなのかもわかってないわけだ」

あごに軽く添えた手を撫でるように動かし、不知火は把握した様子でうなずいている。

童天丸というまたも聞いたことがない名前が出てきて、それは人の名前なのだろうかと深月は密かに考えていた。部屋に入ってきたときの発言といい、不知火も暁と同じでいろいろと理由を知っているようだが。

「その説明は必要なのか？」

「そりゃあ、このあとの流れを考えれば、おまえがどれだけ優れて頼りになる人間かをひっくるめて詳しく教えるべきだろ。なあ、稀血のお嬢ちゃん、そっちのほうが判断材料になるだろ？」

同意を求められたが、深月は言葉に詰まってしまった。明かされる情報量が多すぎて、暁については気が回らなかったのである。

そもそも判断材料とは、具体的になにに対しての材料なのだろう。

「こいつが隊長をやっている特命部隊ってのは、警吏と連帯を取りながら帝都治安維持に励む部隊だが、これはあくまで表向きのもんだ。本来は帝都民を襲う禾月の捕縛、悪鬼討伐が主たる任務ってところだな」

先刻、暁によって存在を教えられた禾月と、悪鬼の名前。

これらと日夜、戦い対処しているのが特命部隊。そして隊員は生身の肉体で互角に戦うための戦闘具として、必ずあるものが付与される。

それが、あやかしを妖界から降ろし宿らせた『妖刀』という刀剣であると、不知火は饒舌に語った。

そして隊長の暁は、上位種の鬼・童天丸を宿らせた妖刀の使い手として、歴代最強とうたわれる逸材で、鬼使いの異名まである人物だったのだ。

（……空想のような話ばかりだわ）

けれども、これでやっと深月は腑《ふ》に落ちる。

出会い頭に暁が刃先を向けてきた理由、問いかけた言葉。

あれは、刀に宿した鬼のあやかし・童天丸が、深月が稀血だと気づいて伝えたからなのだろう。刀に宿したあやかしと意思疎通が可能というのもなかなかに信じがたい話だけれど。

（もう、なにがなんだか……）

どこから受け入れたらいいのだろう。自分が稀血という特殊な存在で、命を狙われる可能性がある、だなんて。

理解して受け入れたとして、その先は？

こんなこと、自分ひとりの手には負えない問題だとわかりきっている。

（本当に、なんて情けないの……）

退路を絶たれた気分になる。困惑してばかりで、ひとつも意思ある声が出せない。悶々《もんもん》とすればするだけ、深月の視線は床に落ちていった。

「……蘭士、外に出ろ」

深月を横目にした暁が、不知火に告げる。

「は？　急になに言って」

「もともと話していたところにおまえが入ってきたんだろう。こっちはまだ彼女に伝えたいことがあるんだ」

「それなら俺がいたところでなんの問題もないだろ」

依然として動かない不知火だったが、そんな彼を暁は問答無用で扉へと押しやった。

「先に執務室で待っていろ」

「押すな押すな！　せめて人の言葉は最後まで――」

ぱたんと扉が閉められる。同時に革靴の足音が響き、深月のすぐ近くで止まった。

「ひとつ、提案がある」

見上げると、思いのほか暁との間合いが縮まっていて驚いた。しなやかな腕が体のすぐ横をすり抜け、椅子の背もたれに置かれる。さらに距離は近くなった。

しばたく深月に、暁は言った。

「契約をしないか」

「契、約？」

「このまま君を野放しにすれば、民の安寧を脅かしかねない。そして、君の身も」

命の危険がまとわりつき、周りの人を巻き込むかもしれない。深月にとっても不本意で、できるのなら避けたい。

「人として、むやみな混乱を望まないというなら……」

一流芸者もうっとりしそうな、凛々《りり》しい花の顔《かんばせ》に垂れた前髪。そこから覗く淡い月色の瞳には、一点の曇りも迷いもない。

「君は、俺のそばにいるべきだ」

そして告げられた提案に、深月は耳を疑った。

「花嫁として、ここに」

「花嫁……？」

（どうして、そんな話になるの？）

そう思うも選択の余地はなかった。

稀血、禾月、悪鬼。なにひとつ深月は知らなかった。だから、なにか考えがある彼から差し出された手を取ることが、唯一いまの深月にできる最善なのだ。

（花嫁、契約の花嫁）

言い聞かせるように、何度も胸のうちで噛《か》みしめる。

「衣食住についても保証する。安全保護も同様に」

「……はい」

まるで他人事のような返事をしてしまった。

深月にそんな意図はなかった。ただ、それ以外をとっさに口にできなかった。

「それでも、滅多なことは考えないでくれ。たとえいままでなにも知らなかったとはいえ、君が稀血であることには変わらない。逃亡、反逆の意思があればこの刀で斬る。だが……」

腰の妖刀に手を添えたまま、暁は断言した。

「俺がそばにいる以上、君に傷はつけさせない」

状況は違う、でも結局は同じだ。もとから自分に選択の意思などゆだねられてはいない。

「……どうか、よろしくお願いします」

心はどこかに置き去りのまま深月はうなずき、そして深々と頭を下げる。

着物の袖がふわりと揺れた。なんとも皮肉な、自由に飛び交う鶴の模様。

なにもないわたしが、特別ななにかに変わる日は、来るのだろうか。

そんな日が、いつか――。

二章

帝国軍特命部隊本拠地。軍本部と同じく中央区画に居を構える洋風の広い屋敷は、敷地内に部隊本邸、別邸とふたつに分かれていた。

本邸は隊員の居住空間、訓練場、医務室等を兼ね備えている。

隊員数は百名前後。その約半数が本邸に寝泊まりしており、炊事場や中庭、洗い場には通いの女中が務めに精を出し、常に人の気配がそこかしこにあった。

そして本邸のすぐ後ろの別邸には、隊長である暁の執務室や私室、ほかにも多くの部屋が備わっている。

特命部隊に身を置くことが決定した深月が借りているのも、別邸の一室だった。

「おはようございます、深月さま」

「おはようございます……」

日が明けてまもなく、深月の部屋を訪れたのは本邸女中頭の朋代だ。

深月の世話役を仰せつかった彼女は、毎朝決まった時間に顔を見せ、深月の支度を手伝ってくれた。

(わたしなんかに申し訳ない。本当なら分不相応なのに)

仕立てのいい着物に袖を通し、髪を整え、控えめな頭飾りまで。

古着とも言いがたいボロの衣と、手櫛で髪をひと結びにしていただけの頃とは、なにもかもが違う。つい萎縮して肩を丸めそうになるが、深月はハッとして顔を上げた。

「毎朝すみません。着替えを手伝ってくださって」

「ふふふ、わたしはとても嬉しゅうございますよ。暁さまの妻になられるかもしれないお嬢さまのお手伝いができるのですから」

「…………」

深月はなんとも言えない表情で唇を引き結んだ。整えてもらったばかりの前髪が、瞳の憂いを隠すように流れる。

「やはり少し目にかかってしまいますわね。わたしでよければ整えて差し上げましょうか？　そうすれば視界も晴れますでしょうし。なによりもったいないですもの、このままでは宝の持ち腐れですわ」

朋代はぼそりと濁したが、ほかに思うところがあった深月には届かなかった。

「そこまでしていただくわけには」

深月が乗り気でないことを察した朋代は、「気が変わりましたらいつでもおっしゃってくださいね」と引き下がった。

朝食までは、もう少し時間がある。朋代は本邸の様子を確認するため退室し、部屋に残された深月は浅く息を吐いた。

たった数日前までは、日が昇る前に起きて勤め奉公に明け暮れていたというのに、いまは正反対の生活になりつつある。

（今日は、お洗濯日和ね）

深月は備えつけの椅子に腰かけ、窓外の快晴にそんな感想を抱いた。

あえて意識を別のところに向けないと、つい考えてしまうからだ。知ったばかりの、自分のことを。

（わたしが稀血という存在だから、狙われて、周りを巻き込むかもしれない。そうならないためにもここにいる。朱凰さまの、花嫁候補として）

どうにか理解しようと反芻《はんすう》したところで、多くの不安は尽きないままだった。

深月はそっと自身の顔を両手で覆う。

心は日に日にうらぶれていくのに、泣くのもままならない。こうしているうちに涙ひとつでも流せれば、どんなによかっただろうか。

＊＊＊

同時刻、暁の執務室にて。

「おいアキ。なにがどうして〝花嫁候補〟になったんだ？」

執務机にいる暁に声をかけたのは、帝国軍お抱え医者の不知火だった。彼は室内の長ソファを陣取るように座って不可解そうにしている。

「見張るためにそばに置くには、それが手っ取り早い」

「そりゃあそうだが。ほかにいくらだって言いようがあるじゃねえか。隊長付き女小姓とか、隊長付き女中って手も……いや、見方を変えるとそれはそれで卑猥《ひわい》だな、うん」

「おまえはなにを言っているんだ」

論点のズレを感じ、暁は怪訝《けげん》な顔で冷ややかに返した。

「しかしまあ、未婚の男女が四六時中一緒にいて反感を買わず周りを納得させる理由としては、花嫁のほうが清らか真っ当なのかね」

不知火は暁が軍の人間から縁談話や斡旋状《あっせんじょう》を渡されるたび、苦々しげに顔をゆがめていたことを知っていた。

数週間前には、とある華族から『君も貞淑な花嫁を迎え尽くしてもらったらどうだ。それが男児の特権だろう。がっはっは』と絡まれていたはず。本人は終始しらけていたし、『不愉快極まりない』とぼやいてもいたが。

それが頭の隅にでも残っていたのだろう。巡り巡って今回、深月がここにいる上で必要な名目を〝花嫁〟にしたのかもしれない。

「……彼女に関しては、朱凰の分家筋からやってきた花嫁候補ということになっている。参謀総長の口添えだと言えば、隊員たちも余計な詮索をしようとは思わないだろう」

「おいおい、好き勝手にその名を語るなんて……いや、おまえならできるわな。さすがご子息さまさまだな」

「茶化すのはよせ。特命部隊隊長として、現段階で稀血の処遇を一任されているというだけの話だ」

暁は軽くあしらう。だが、不知火の発言がまるっきり違うというわけでもない。

朝廷に直属し、帝国軍参謀本部の長、最高指揮官にして権力者である朱凰参謀総長は、暁の養父だ。

幼少の頃に養子縁組をし、それから暁は朱凰家の人間として生きてきた。

そして特命部隊は帝国軍直轄の部隊として存在しているが、実質的には参謀総長直属の部隊である。

参謀総長からはその都度状況に応じて指令が下されるが、基本現場の指揮権は隊長の暁が握っていた。

「取り急ぎの報告は済ませてある。参謀総長も特に異論はないようだった」

言いながら暁は机の書類に目を向ける。

そこには不知火から渡された稀血の結果報告書や、ほかにも本部から新たに送られてきた調書が置かれていた。

さらに端には縁談状がいくつかある。暁にとって、いまもっとも不必要なものだ。それを処分用の箱に仕分けていると、またしても不知火が尋ねてきた。

「表向きは花嫁候補といっても、実際は稀血ちゃんの監視、観察が目的だろ？」

「ああ。軍が保持する稀血の情報には、不鮮明な部分が多いからな」

稀血が周囲にどれほどの影響を及ぼすのか。ほかにどんな力を秘めているのか。禾月と同様の性質があるのか。

稀血である深月を通じて、それらを確認するのも暁の役目である。

「つまり、おまえは稀血ちゃんと過ごす時間が多くなるってことだよな」

「当然だろう。稀血が発見されたと知るのは、おまえ以外に参謀総長だけだ。緊急の事態が起こった場合を考えても、そばに置くのは俺以外に適任はいない」

そもそも禾月や悪鬼について知る者もかなり限られている。

帝国軍では特命部隊隊員のほか、参謀総長をはじめとする上層部、諜報《ちょうほう》部隊のみ。外部では朱凰家、分家の一部が該当する。

さらに深月が稀血であるということは、ここにいる暁と不知火、参謀総長だけが知っている。のちほど副隊長には知らせる予定だが、彼は私用で隊を離れているため、いまのところ認知しているのは三人だけだった。

「事情を知る人間なら、もちろんおまえが適任だろうが。俺が言いたいのはだな、あー……ほら、男女ふたりが長いあいだ一緒にいるわけだろ？」

「任務の一環だ。それのなにが問題なんだ？」

「いやあ、そりゃあ……」

不知火は素っ頓狂な声を漏らした。

暁は綺麗な顔をした美丈夫だが、縁談云々《うんぬん》を抜きにしても普段から女っ気がなく、異性からの好意にも動じない鉄壁の男である。

そんな暁が任務とはいえ女性の近くにいなければならない状況というのは、どんなに想像してみても異様な光景にしかならない。

「まあ、相手はあの稀血だしな。女だからってほだされるわけないか」

「おまえはさっきからなにをぶつぶつ言っているんだ」

余計な心配だったたと勝手に自己完結している不知火に、暁は呆《あき》れた様子だった。

「すまんこっちの話だ。で、その稀血ちゃんの様子は？」

「この数日は反抗意思もなくおとなしくしている。今日からはこの部屋で過ごすことになるだろうが、近々隊員に紹介する予定でいる」

「おまえの口から花嫁と聞いたときの隊員の顔が見ものだな」

「すぐに慣れる」

何事も冷静沈着。なにをふっかけても泰然としている暁に、不知火は聞き返した。

「で？　おまえから見て、稀血ちゃんはどうなんだ？」

どこか意味深い不知火の視線に、書類をさばいていた暁の手が止まる。

眉をぴくりと動かし、それから静かに目を伏せた。

「……難儀だ」

「んん？」

あまりにも小さなつぶやきに、不知火は聞き返す。

しかし暁は無言のまま、今朝がた確認したばかりの報告書を流し見た。

（借金返済のため老舗和菓子屋の奉公人として数年間いたそうだが、近所周辺の住民とは一定の距離を保っていたようで深く認知されていない。……あの手を見れば、どのような扱いを受けていたか薄々想像つくが）

あの夜――暁が一ノ宮家の母屋から深月を連れ出した際、赤く爛《ただ》れた手が目に入ったのを思い出す。あれは水仕事や過酷な雑用による代償だ。

奉公とはいえ荒れ具合はあまりにもひどく、そして抱えた体の軽さに驚愕したのを覚えている。いいようにこき使われていたのだろう。雇い主と奉公人との間ではよく問題視されているものだ。

奉公先では冷遇され、大旦那の娘の代わりに妾を囲い込む男のもとへ嫁がされた。

初夜では悪鬼に取り憑かれた誠太郎に襲われかけ、それによって自身が稀血であることが明かされた。報告書と深月の証言を合わせれば、こんなところだろうか。
(……あまりにも環境に左右された人生だな)
ふいに暁の脳裏に浮かんだのは、自身が何者かを知って身を震わせる深月の姿だった。
(彼女はここにいる以外、選べる道などなかった)
寄る辺ない身。それを難儀と思っても、監視対象を同情的には見られない。
(たとえなにも知らなかったとはいえ、ふたつの血が流れているのは事実だ)
もちろんその態度すら欺くための嘘だったという線もまだ捨てきれない。
人間と禾月の狭間に生まれた存在。
人か、人にあだなすものか。個人的感情を差し引いて見極めるのが、己の責務だ。
(これもしばらくは使わないだろう)
暁は本部から届いていた小包の中を確認する。
参謀総長直筆の署名とともに入っていたのは、硝子の小瓶だった。
ゆらゆらと小瓶の中で揺れる赤い液体を視界の端に映し、そっとふたを閉じる。
これを使うのは、見切りをつけたときだけである。

＊＊＊

特命部隊に身を寄せて四日目。

暁に呼び出された深月は、多くの書物が並ぶ広い洋室に案内された。

「本日から昼の間はここで過ごしてもらう。勝手に外を出歩く以外は好きにしていてかまわない」

どうやらここは暁の執務室らしい。

簡素な説明のあと、軍帽をはずした暁は執務机に腰かけて書類に目を通し始めた。その紙の束の多さに驚愕しながらも、深月の視線はきょろきょろと多方向に動く。

（好きにしてかまわないと言われても）

この三日間は与えられた部屋でおとなしくしているだけだった。しかし今日からは、本部への出頭や報告、根回しをすべて終わらせ事務処理中心に移行した暁と過ごすことになる。

表向きは朱凰の分家筋からやってきた花嫁候補としてだが、実際のところは保護と稀血の調査・監視が目的であるため、なるべく彼のそばにいるよう義務付けられているのだ。

（日中はずっとここにいるなんて、落ち着かないわ）

深月は肩を縮こませる。

西洋の高価そうな調度品が並ぶ空間に硬直するしかない。革製の透かし彫りソファの感触は初めてのもので、体勢を整えるのに苦労した。

それに、ここに来てから用意される着物についても思うところがある。

街娘たちの間で大流行している西洋風の花柄模様の着物は、朋代が持ってきてくれているものだが、どれもあきらかに上等品だ。飾り紐や装飾といい、自分には不相応な品々が惜しみなく使用されており恐縮してしまう。

花嫁候補の話をされてからは忙しそうでなかなか会える機会がなかったけれど、特命部隊隊長である朱凰暁は、帝国軍参謀総長の息子だという。加えて華族の生まれであり、文句のつけようがない容姿から多くの令嬢が虜になっていると朋代が教えてくれた。

そのような人とふたりきりだなんて、恐れ多くて息が詰まりそうになる。顔がいいからなどという理由は深月の頭にはなく、高貴な身分の人というだけで自分には別世界の存在なのだ。

深月は横目でちらりとその姿を確認する。

書類に判を押したり、なにか書き記したり、暁の手は常に動いて忙しくしていた。

深月も庵楽堂にいたときは、日が昇るより早くに起床し、寝るまでずっと雑事に追われていた。それなのにいまは、ただ地蔵のように固まっている。苦痛だった。

「なにか、俺に話があるのか？」

ふいに声をかけられ、深月は横を向く。書類を手にした暁と目が合いそうになった。硬質な双眸《そうぼう》に見つめられ、深月は遠慮がちに口を開いた。

「組紐のことを、お聞きしたくて……」

それは一ノ宮家の母屋で落として以来、手もとから消え失くしてしまっていた。この三日間、深月はずっと尋ねたいと思っていた。

「……ああ」

暁は思い至ったように席を立つと、深月に小さな木箱を差し出してきた。

「今朝がた戻ってきた。これで間違いないか」

深月はそれを受け取り、ふたを開ける。

箱の中には硝子石が嵌め込まれた深月の組紐があった。それもちぎれた部分が修復されており、また結び直してつけられそうだった。

「はい、間違いありません。あの、ありがとうございます」

「礼はいらない。すでに調べがついたものだ」

「調べる……これを、ですか？」

思わず疑問を口にすると、暁は一瞬だけ執務机に目を向けた。

その後、何事もなかったように、深月の前にあるテーブルを挟んで正面に置かれたひとりがけの椅子に座る。

「あ……お仕事の邪魔をしてしまい、申し訳ございません」

「かまわない。いましがたそれについての報告に目を通し終わったところだ。君の耳にも入れておくべきだろう」

職務を中断してしまったかと不安になったが、暁は嫌な顔ひとつせず深月に向き合う。

「軍で調査した結果、君の組紐には特殊な石が使われていたと判明した。稀血の気配を断つ効果を持った加工石だ」

「気配を断つ……？」

「稀血が分泌する香りを消す、と言ったほうが正しいかもしれないな」

ただの硝子石だと思われていたものは、別名『日照《ひで》り石《いし》』という特殊加工石であることがわかった。そしてこの日照り石は、あやかしが放つ邪気や妖気を跳ね除ける特性が含まれており、特命部隊隊員の妖刀などにも使用されている。

祝言前、麗子と軽く揉《も》み合った深月は、右腕を化粧棚の角に引っかけ怪我をしていた。さらに初夜では誠太郎に組紐をちぎられたため、無防備に稀血の香りが流れてしまったと考えられた。

「たったこれだけの怪我で、ですか」

深月は右腕にそっと手を当てる。傷はもうほとんど塞がっていた。

「その日照り石の効果はすでに切れているようだが。君はそれを、いつから身につけていた？」

「……物心がつく頃にはすでにありました。養父が『肌身離さずつけなさい』と、わたしにくれたものです」

当時は御守りとして持つ以上の意味はないと思っていた。けれど、組紐に使用されていたのが日照り石だとわかったいま、背けがたい疑念が出てくる。

（養父《とう》さまは、なにかを知っていたんじゃ……？）

そう考えたとき、暁は「君について少し聞きたい」と言ってきた。

ひとまず深月はうなずき耳を傾ける。

「君が庵楽堂に身を置いたのは齢十四の頃。だが、奉公以前の記録はなにも残されていなかった。戸籍はおろか名字登録すらされていない。かといって『養成館《ようせいかん》』に入所していたという話も掴めていない」

養成館とは、政府認可の養護施設。身寄りのない孤児や捨て子が過ごすための場所であり、帝都にいる以上は特別な理由がない限り入所が義務付けられている。

「養成館で生活をした経験は？」

「……いいえ、ありません」

「では、君が養成館で過ごさずにいたのには、どういった事情がある？」

「それは、養父がわたしを引き取って――」

そこで深月は、はたと言葉を止める。

暁がいま聞きたいのは、きっとそこじゃない。

深月は人間と禾月の血を継いで生まれた稀血。となれば、暁が焦点を当てようとしているのはなにか、おのずとわかってくる。

「君は生みの親について、なにか聞いていたか？」

やっぱり、と深月は思った。

稀血が人間と禾月の間に生まれてくるのなら、深月の本当の両親はどちらかが人間で、どちらかが禾月のはずだ。そして、養成館ではなくどこかで深月を引き取った養父は、やはりなにか知っていた可能性が高い。

「……わたしが聞いていたのは、実の父と母は、赤子のわたしを置いてどこかへ行ってしまったという話だけです。以来、わたしを育ててくれたのは、養父でした」

深月が両親に捨てられたことを淡々と告げれば、暁はわずかに瞳を悲しそうに揺らした。しかし気のせいともとれるほど一瞬で、さらに尋ねる。

「では、養父はいまどこに？」

「十四のとき、亡くなりました」

「君が庵楽堂の主人に返していた借金というのは、もしや」

「……！　ええ、養父が生前残したものだと聞いています」

借金まで調べ上げられている事実に深月は目を丸め、それから首を縦に動かした。

「養父の名は？」

「名字はわかりません。名は貴一《きいち》といいます」

改めて深月は、養父の素性をたいして知らなかったことを思い知る。なにより養父が詮索を拒んでいたような印象だったため、無理に問いただせなかったのだ。

「亡くなったというのは、病で？」

「いえ、養父は……家の前に傷だらけで倒れていて。その怪我によって亡くなりました」

「何者かから、襲撃を受けたのか……」

暁は思案し、難しそうに眉根を寄せる。

「人が死んだとなれば大事だ。警吏隊にはいつ頃届出を？」

「それは……出して、いません」

「なに？」

「養父が、警吏には知らせるなと。傷も手遅れだから、医者も連れてくるな、しばらく外には出るなと、何度もわたしに」

養父は最後までかたくなだった。なにか隠しているのはわかりきっていたのに、それを深月に話す力もなく死んでしまった。

残されたのは数々の疑問と、借金。

当時は、金貸しと揉めて殺傷騒ぎにまで発展したのだと大旦那に聞かされた。

深月はどこかで納得していない部分があった。あの堅実な養父が、本当にそのような事件に巻き込まれたのかと。

しかし庵楽堂で生活をしていくうちに疑問を感じる暇さえなくなって、いつしか意識の外に抜け落ちてしまっていた。

「養父がどんな職に就いていたか、生まれはどこで、過去になにをしていた人なのか……わたしはなにもわかりません」

いまさらながら、自分はなんて薄情なのだろう。

そんな不甲斐《ふがい》なさと同時に感じたのは、養父に対する懐疑心だった。

(ねえ、養父さま……あなたはなにか知っていたの？　だから、この組紐をはずすなと？　養父さま、わたしはなにを信じればいいの)

組紐だけが、養父との繋がりを示すものだった。たとえもうこの世にいなくても、触れて実感するだけで気持ちが少し休まるような気がした。

しかしそれを授けてくれた人は、とんでもない事実を隠したままだった。

養父の目には自分が、どんなふうに映っていたのだろう。

街から離れた場所で深月を育て暮らしていたのも、物資や生活必需品を届けて極力出歩く行為を避けさせていたのも。全部わかっていたけれど、深月は黙って受け入れていた。

なにか大切な理由があるのだと、信じていたからだ。しかしその理由が稀血だったからであり、人ならざる化け物だと内心疎んでいた結果なのだとしたら……。

「君の養父、貴一殿はどのような人だった？」

それはとても、気遣わしげに響いた。

深月はふと前を見る。暁に声をかけられ、思いのほか自分が鬱々とうつむいてしまっていたことに気づかされた。

「も、申し訳ございません。話の途中に」

「謝罪は必要ない、それで？」

「え……」

「君の知る養父は、どんな人だった」

これも事情聴取のうちなのだろうか。そう思っただけに、こちらをまっすぐ捉える目からほのかな温度を感じて、深月はふいを突かれてしまう。

あれだけ根掘り葉掘り聞いていたのに、いまはどれだけ静寂が包もうと彼は言葉を待ってくれていた。

不思議だった。こんなにも長い時間、自分の言葉を待ってくれたのは、短い人生を振り返ってみても養父以外にいなかったから。

そのとき、胸の奥深くにしまわれていた思い出が唐突によみがえった。

「……字を、教えてくれました」

養父は教え上手だった。たまに変わり種といって異国の文字にも触れさせてくれた。

「本を、たくさんくれました。いまはひとつもないけれど」

養父は博識だった。幼いときには紙芝居を読んでくれた。

「知らないことを、たくさん教えてくれました」

養父は物知りだった。自分についてはなにも語らないのに、海を越えた先にある広い世界の話をしてくれた。花の名前、草の種類、生きていく知恵をほどこしてくれた。

「わたしが好きだった、キャラメルをよく買ってきてくれました」

養父は甘味が好きだった。もらったキャラメルを口内でころころ転がしていたら、喉に詰まりそうになって笑われたときもあった。

「今日のように肌寒い日は、大きな羽織りをかけてくれました」

養父は、温かい人だった。口数が多いほうではなかったけれど、優しかった。

「そうか」

深月がひとしきり思い出を口にしたあと、暁が短く声に出す。無表情な顔つきが、やはりどこか柔らかげだった。

そして暁は、言った。

「君の中に揺るがない記憶があるのなら、それを信じ抜けばいい。たとえ理想と違った現実がこの先あろうと、君の糧になるはずだ」

なぜ暁は、突然そんな言葉をかけてくれるのだろう。会って間もない人間に、的確な言葉をくれるのだろう。

意図がわからず、なんとも不明瞭だった。

（わたしが顔を伏せてしまっていたから……？）

慰めとしか思えない口ぶりに、まさかの可能性が導き出される。

たった一瞬、深月の気持ちが落ち込んでいるのを察して、あのような聞き方をしてきたのだろうか。

深月はなんとか呼吸を整えた。

（……よく、わからない人だわ）

最初は微動だにしない姿に畏怖すらあったというのに。予想していなかった彼の人間味に触れてしまい、深月の中にあった得体の知れない恐れがほんの少しだけ薄らいだ。

「す、朱凰さま……こんなときに、なのですが」

じんわりと汗がにじんだ両手を重ね、膝上できゅっと握る。深月にはまだ彼に伝えていない言葉があった。

「あの晩……助けてくださり、ありがとうございました」

一度に多くを耳にしたせいで、ずっと冷静さに欠けていた。

しかし振り返ってみれば、誠太郎からかばってくれたのは、まぎれもなく彼である。

「ありがとう、ございます」

「……そう何度も感謝されることでは」

暁から言いよどむ気配が伝わってくる。

繰り返し告げた『ありがとう』を変に思われただろうか。しかしこれは、たんに助けられた謝意を言っているだけではなかった。

（わたし、久しぶりに養父さまの話ができた……）

そこには、養父の思い出を口にさせてくれた心遣いに対する礼も含まれていたのだ。

職務としての対応なのかもしれないけれど、それは深月にとってとても大きなきっかけである。

長々と張り詰めたようにあったふたりの緊張の糸が、ほんのわずかに緩んだ瞬間だった。

ひとまず養父の話が一段落ついたとき、こんこん、と扉を叩《たた》く音がした。

「失礼いたします」

深月と暁は、同時にそちらへ目線を送る。

入ってきたのは、配膳台を引いた朋代だった。

「お茶とお菓子をお持ちいたしました。あら、ちょうど休憩中でしたか？」

ふたりがテーブルを挟んで相対している様子から、朋代はそう勘違いしたようだ。

飴色《あめいろ》のつやつやしたテーブルに、緻密な線や絵柄が施された洋食器が置かれる。

湯のみ茶碗《ちゃわん》ほどの大きさだが、綺麗な半円を描くそれは、深月の知る湯呑とは違う。

そしてその横には、薄い皿に乗った四角い形の見慣れない食べ物があった。

「こちらカステラです。ぜひ深月さまに召し上がっていただきたくて」

「わたしに、ですか？」

「そうですとも。お部屋にいらしたときは、遠慮されてお食事以外なにも口にされなかったではありませんか」

（……だって、毎食あるだけでも十分だったから）

なんだか暁を差し置いたような発言が気にかかり、深月は正面の様子を窺う。しかし暁は気分を損なうどころか、いつものことだと言わんばかりで朋代の手もとを眺めていた。

「さあ、どうぞ」

器にこぽこぽと注がれるのは、透きとおる赤茶色の液体。

深月は首をかしげて、じっとそれを観察した。

「どうかしたのか」

「え？」

「見つめてばかりいても、勝手に喉には通らない」

諌《いさ》められて、さらに両肩が跳ねるように持ち上がる。

（まだ朱凰さまも口をつけていないのに、わたしがいいの？）

だが、黙って挙動を見られていては手を動かさないわけにもいかず、深月はこわごわと白い器を手に取った。横についた持ち手に指をかけ、不慣れに口へと運んでいく。

こくりとひと口飲み、ほっと息を吐いた。

「……おいしいです。緑茶とは違った味がします」

「ふふふ、こちらは西洋産の紅茶というものです。カステラも一緒に召し上がると、よりおいしくいただけますよ」

かすてら。砂糖をたっぷり使用した南蛮菓子だ。

深月は使い途中の店先から遠目に見ただけだったけれど、ここ数年帝都で流行っている菓子である。

そっと暁を見ると、まだこちらに視線を固定したままだった。

「あ、あの……朱凰さまは、お召し上がりにならないのですか？」

「俺のことは気にせず、先に食べたらいい」

そう言って暁は片手で持った器に口をつける。

「では……いただきます」

しばらく逡巡《しゅんじゅん》していた深月だが、意を決して楊枝《ようじ》を取った。

食べやすく切り分けたあと、ひと口ほどの大きさのカステラを舌に乗せる。

じんわりと優しい甘みの広がりに、鈍色の瞳がぱちぱちと明るくまたたいた。

「甘くて、おいしい」

数年越しの甘味だった。

自然とこぼれた感想に、朋代は微笑ましそうに目じりの皺を深くする。

暁もまた、そんな深月を食い入るように見ていた。

「なんて愛らしいのでしょう。これですわ、暁さま」

「朋代さん、なにが言いたいんだ？」

「あなたはなにを口に入れても『ああ』や『うん』としかおっしゃらないんですもの。

それではお出しするかいがありません」

「おいしいとも伝えているだろ？」

渋い顔をして言葉を返す暁に、朋代は首を軽く横に振る。

「無礼を承知で申し上げるなら、深月さまのような反応が理想でございますわ」

「無茶を言うな」

軽快に繰り広げられる会話。敬称は使っているが、ふたりの様子はとても親しげだ。

「ほんの少し前は、小リスのように頬袋を膨らませてなんでも召し上がっていたというのに……」

(頬袋……小リス……)

想像しそうになり、深月はすぐに頭から想像を打ち消した。さすがに無礼が過ぎてしまう。

「いったいいつの話を……。やめてくれ、彼女の前で」

暁は額を手で押さえると、困ったように息を吐いた。

(この人も、こんな顔をするのね)

深月は密かに盗み見ながら、ふと思い返す。

(そういえば朋代さんは、朱凰家に代々仕える使用人の家系に生まれたと教えてくれたような……)

詳しくは聞いていなかったが、朋代は幼少の頃の暁を知っているからこそ、女中ではあるが自分の子どものような態度で接しているのだろう。

暁が咎《とが》めないところを見るに、もとから容認しているようだ。

「ところでわたし、先ほどからおふたりについてひとつ気になっていたのですが」

「……なんだ」

（……？）

もう余計な話はしないでくれ、と言いたげな声の暁と、内心首をかしげた深月は、揃って朋代を見やった。

「深月さまは花嫁候補として分家からいらしたのでしょう？　ということは、おふたりはいずれ夫婦になられるかもしれない。ですのに、いつまで他人行儀な呼び方なのです？」

「……！」

ぎくり、とする。

花嫁候補としてやってきた分家の箱入り娘。朋代が知らされている深月の事情は、そんな表向きのものだけだった。ゆえに先ほどからいやによそよそしいふたりの姿が、不自然に映ってしまったのだろう。

（もっとそれらしくしていないと、怪しまれてしまう……）

まだ顔を合わせてほんのひとときしか経っていない。突然馴《な》れ馴れしくするなどできはしないけれど、これからは花嫁候補と偽るのだから気を配らなければいけないと、深月は自分の表の立場を再認識した。

＊＊＊

「わたしったら、昼間はお節介が過ぎましたわね」

夕方。暁が本邸に顔を出すと、朋代にばったり出くわし開口一番に言われた。

野暮なことを告げてしまったという反省の色が窺える。

「いや、それより……彼女はこの数日、どんな様子だった？」

「お部屋でのご様子、という意味でしょうか？」

「些細《ささい》な違和感でもかまわない。彼女に関して気がかりな点があったのなら教えてくれ。……花嫁候補として、よく知っておく必要がある」

言葉尻に取ってつけたような風情を装う。

深月がもしなにか隠しているのなら、自分よりも朋代といたときのほうがボロは出やすかっただろう。養父の思い出を語る深月に邪《よこしま》なものを感じなかったとはいえ、念のため把握しておく必要があった。

「そうですねぇ。ほんの数日ですけれど……とても謙虚で、なにに対しても心苦しそうに謝意を口にする、少し行きすぎたくらい遠慮深い方でしょうか」

そう言って朋代は庭先にある一本の木に目を向け、やがて悲しげにつぶやいた。

「なんだか、耐冬花《たいとうか》のようですね」

「……耐冬花？」

「椿《つばき》の別名ですよ。厳しい冬の中、痛みにも似た冷たさにじっと耐え、ただひたすら春を待つ。深月さまからは、そのような儚《はかな》さを常々感じます」

暁が聞きたかったのは、深月に怪しい点はなかったか、ということだった。

朋代の言葉は感情論に寄っていて、暁の求める答えとは違っている。だというのに、妙に関心を寄せている自分がいた。

「彼女が、耐え忍ぶ花であると？」

「ふふ、あくまでも比喩でございますよ。ただ、わたしの知る朱凰の分家のお嬢さまとは毛色が違っているのは確かですわね」

おそらく朋代はなにかしら勘づいているのだろう。

朱凰の分家や派生の家門は多くあり、その数だけ令嬢はいるが、あのように癖でうつむいてばかりいる箱入り娘は稀である。

いまは朋代の手によって姿だけは令嬢といって遜色ないが、近くにいる時間が長いほど、仕草や振る舞いで違和感を持たれてしまう。

（あえてそこには、触れる気がないようだが）

勘のいい人だからこそ、ぎりぎりのところを見極めて一線を引いている。しかし、昼間の発言にはかなりの悪戯心《いたずらごころ》が隠れていた。

「朋代さんは、彼女を気に入っているのか」

「あら……それをおっしゃるならば、暁さまもではありませんか？」

「……は？」

なにを言い出すのかと、暁は顔をしかめた。

今日ようやく落ち着いて話せたぐらいの、会って間もない監視対象を、気に入るもなにもないだろうと怪訝がる。それでも朋代の笑みは深まるばかりだ。

「ふふふ。暁さま、ではお聞きします。女性の表情に気を取られたのは、今回が初めてだったのではありませんか？」

「…………」

急に喉の奥底がぐっと絞まったような心地がした。朋代の指摘に、口だけの否定すらできなかった。すべて的を得ていたからである。

『甘くて、おいしい』

前髪で陰る目が、カステラをひと口入れただけで輝いていた。

「ほら、すぐに思い出せたでしょう？」

「それが、どうしたと」

決め手に欠けるという素振りで、我にもなく暁は腕を組んだ。

「なんて歯がゆいんでしょう。つまりですね、瞬時にその顔を思い出せるくらい、心に深く残ったのですよ。いつも不要なことは気にも留めないような、あなたさまが」

「それだけで気に入っているという話にはならないと思うが」

「強情ですわね。では言葉を変えます。深月さまのこと、女性として苦手ではないでしょう？」

やはり朋代は、どこか楽しげだ。

自分が深月を気にかけているのは事実である。しかしそれは、朋代が考えているような花嫁候補として、異性として見ているからではない。あくまでも稀血だから……の、はずだというのに。

（朋代さんの言葉をすべて鵜呑《うの》みにするわけではないが）

いまのところ深月からは、邪なものをいっさい感じない。

……そう、邪どころか。あの瞬間だけは、すっかり毒気を抜かれてしまった。

心のままにつぶやかれた声があまりにもたどたどしく、小さくほころんだ顔が印象的で……。

「美しい花の開花というのは、それが丹精込めたものほど咲いた姿に胸を打ち、記憶として残ります。そしてまた、咲かせたいという欲が出る。それは人にも共通するとわたしは思いますわ」

それは、花を愛でることを趣味とする彼女の持論だろうか。

あまりに抽象的すぎる。しかし、どういうわけか引っかかる。

庭先の椿の木に目をやりながら、暁はしばらくその場に踏みとどまった。

＊＊＊

次の日。

いつものように支度を整えてもらった深月は、朋代から「本日からお食事は、暁さまとご一緒されると聞いていますわ」と言われ、別邸の食堂の間に案内された。

食堂の間にはすでに暁の姿があった。

「おはようございます」

「おはよう」

彼から当たり前のように挨拶が返ってきて、深月は安堵する。

「ここに」

「……失礼します」

深月は暁に示された椅子に座り、整えられた朝食を見る。

西洋建築に西洋の調度品で囲まれた場所ではあるが、出される朝食はどちらかというと和食寄り。部屋で食事をしていたときもそうだったが、深月には贅沢に感じるほど品数が多い。

米は麦飯ではなく粒がつやつや光った白米、汁物に焼き魚、和え物、香の物、まだまだ庶民には気軽に買えない卵で調理された一品や、肉料理まである。

「俺との食事は不本意だろうが、慣れてくれ」

暁が箸を取って告げた。

「い、いえ。不本意だなんて……ただ」

「……？」

深月のはっきりしない口ぶりに、箸を持つ暁の手がゆっくりと下がった。

花嫁候補を装うために、一緒の食事も必要な見世物なのは理解している。暁に対する不安感も最初よりはなくなった。だから、本意でないとも思っていない。それよりも深月が気にしていたのは。

「毎回このような食事、いいのでしょうか……」

「君の口に合っていなかったか？」

「いえ、そんなことはっ」

深月は慌てて否定する。

「どれも温かくて、おいしいです。でも、わたしにはあまりにももったいなくて。昨日もカステラをいただいてしまいましたし」

衣食住を保証すると約束されたものの、ここまでの待遇を受け入れていいのだろうか。

すると、深月がなにを言いたいのか理解したように、暁から小さなため息が聞こえた。

「では、どんな食事なら君は素直に受け入れられる」

「え？」

「参考までに聞いておこう。これまではどんな食事をとっていた」

まさかそのような返しが来るとは予想外だった。

戸惑う深月に、暁は試しに教えてくれと耳を傾けている。

黙っているわけにもいかず、深月が「お漬物と麦のご飯です」と簡潔に答えれば、暁の表情が固まったのがわかった。直後に険しい声音が響く。

「なんの冗談だ」

「え？」

「庵楽堂は奉公人の食事を最低限にしなければならないほど困窮していたのか」

「それは、ないかと……」

ほかの女中はそれなりの品数をいただいていたし、形が崩れたりして商品にならない廃棄品が配られることも多々あったはずだ。

「では、君だけがそのような冷遇を？」

失敗した。人との会話にあまり慣れていないせいか、余計なことを口走っていたようだ。

深月の感覚が麻痺《まひ》していただけで、暁の反応から察するに庵楽堂での食事内容は普通ではなかった。そうやすやすと他人に教えてはならないほどに。だからといって、ここでの食事はあきらかに贅沢すぎるのだが。

「わたしには借金がありましたので、ほかの女中と多少扱いが違っていたのは仕方のないことだと……」

これ以上、庵楽堂での日々を詳しく話せばどんな反応をされるだろう。

まるで告げ口をしているような気になってしまい、深月は黙り込んだ。

「……重症だな」

さらに嘆息が聞こえて、暁の目がこちらを向いた。

「食事に関してはあとで朋代さんに伝えておく。いままでの内容を考えると、ここでの食事は胃に負担をかけていただろうからな。少しずつ調節しよう」

「あの、わたしは――」

いま以上に手間を取らせるわけにはいかないと、口を挟みそうになる。

それを暁は視線ひとつでたしなめた。

「いいか。契約上のものだとしても、君は俺の花嫁候補としてここにいる」

「……はい」

「なら、まずは与えられた特権を享受することに慣れてくれ。遠慮深さはときに美徳だが、君の場合は卑屈に映る。朋代さんは例外でも、ほかの隊員や使用人からしてみると朱凰の分家筋からやってきた人間としてはひどく浮くはずだ」

昨日、朋代に言われて立場を再認識したはずだというのに。いちいち指摘されなければ改善できない自分を、深月はふがいなく思った。

「そう、ですよね。申し訳ありません――」

反射的に謝ってしまうが、それをすかさず暁が止める。

「少しだけだがわかった。君のその卑屈さは、君だけのせいじゃない。だから、無闇に謝ってうつむかなくていい」

力強く諭され、深月は前を向くほかなかった。

謝るな、うつむくな、遠慮をするな。

暁は、これまで深月が強要されていた生活の真逆を言ってくる。深月には不慣れなことばかりだが、それがまったくつらいとは感じない。

（朱凰さまは、花嫁らしく見せるために必要な助言をしてくれているのだわ）

しかし彼の言葉の節々からは、なぜか気遣いのようなものが感じられる。

利害の一致にすぎない関係だというのに、かける言葉は驚くほどに実直で。話す機会が増えていくたび、暁に対する心象がさらによくわからなくなってしまった。

「遅くなってしまったが、冷める前に食事をいただこう」

「……はい、いただきます」

誰かと一緒にする食事は何年ぶりだろうか。紅茶とカステラを前にしたときも緊張はあったが、人の気配を近くに感じながら口にする食事は深月にとって不慣れだらけである。

そんな深月の胸中を箸の動きで察した暁からは、「なにも気にせず好きなように食べたらいい」と慮った発言がされた。

食べきれない分は素早く下げさせ、深月が食べ終わるまで急かさず待ち、彼は朝食のあいだ驚くほど紳士的だった。

これまでもおいしいとは感じていたが、今日の食事はこれまでよりもしっかり味わえた気がした。

「昨日、朋代さんに言われたことを覚えているか？」

ほどなくして深月が箸を置くと、出し抜けに暁が聞いてきた。

「……名前の呼び方、でしょうか」

「そうだ。隊員たちに紹介する前に、互いの呼び方を統一させたほうがいい」

「朱凰さまを、お名前で、ですよね……」

「ああ。ほかになにがある？」

至極当然にうなずく暁に、深月は視線をさまよわせた。

彼はじっとこちらを見据えている。もしや、いままさに呼び合う練習をする流れになっているのだろうか。

帝都でも男女が互いを名前で呼び合う行為というのは、昔なじみや血縁を除いて、なにかしら特別な関係を示唆する証として捉えられる場合が多い。もちろん例外はたくさんあるが、名前を呼び合う仲というのは、それだけで関係に真実味を持たせてくれるだろう。名前呼びは、現状において絶対に必要だ。

（名前を呼ぶだけ、呼ぶだけよ）

なにも難しいことじゃない。でも、深月はこれまで男性を名前で呼んだ経験がない。元旦那といっていいか微妙なところだが、誠太郎にだって『旦那さま』としか呼んでいなかった。

「朱凰さま……いえ、あ……あか、つき、さま」

なんてことだろう。あまりのひどさに深月は頭を抱えたくなった。

「俺の名はそこまで呼びにくいか」

わずかに下がった形のいい眉。困惑を含ませながらも、柔和な面立ちでこちらを見つめている。

「あの、慣れていないもので……」

「俺も特段慣れているわけではないが」

「す、すみません。すぐ慣れるようにしますので、すぐに……」

気恥ずかしさと畏れ多さが入り交じる。ひとまず口に出していれば少しはマシになるだろうか。

「暁、さま……暁さま、暁さま」

「…………」

同時に、戸惑う空気感が暁のほうからする。

異様な様子にも思われそうだが、それだけ深月は必死だった。だが、繰り返しつぶやいていると突っかかえる頻度が徐々に減ってくる。

(これならなんとか……)

「深月」

「はいっ」

ふいに呼ばれて、深月は弾かれたように顔を上げた。

「俺は一度で十分だな」

そう言って、暁はどこか遠くを見るように深月から視線をはずした。美しい横顔がほんのりうろたえているような気がする。

「し、失礼しました、何度も……」

慣れるためとはいえ本人を前に何度も名前を呼んでしまっていた。そんな深月の顔には羞恥の感情がにじみ出ていた。


深月が花嫁候補としての立ち居振る舞いを試されたのは、朝食が終わってすぐのことだった。

場所は本邸に併設された特命部隊訓練場。花嫁候補として隊員たちにひと言挨拶をするため、深月は暁とともに訓練場を訪れたのである。

「彼女は朱凰の分家筋の者だ。禾月、悪鬼についても認知している。わたしの花嫁候補として、隊の視察も滞在目的に含まれている。皆そのつもりでいてくれ」

「深月と申します」

暁の紹介のあとに軽い挨拶をすれば、眼前で整列した隊員たちから静かなどよめきが聞こえてきた。

「隊長が花嫁って言った……」

「あの隊長が」

「いや、候補って話だが……」

「こんなの初めてだ」

隊員らに反発などはなく、ただ暁の口から『花嫁』と出たことに驚いているようだった。

「暁さまから紹介いただきましたが、視察といっても隊務の邪魔にならないよう気をつけますので、皆さまどうぞよろしくお願いいたします」

深月は言葉を添えて会釈する。

必死になって頬をつり上げ、余裕のありそうな笑みを作った。

見た目は疑う要素のない良家のお嬢さまである深月を、この場で不審に思う隊員はいなかった。

紹介後、深月は訓練の見学をするため場内の隅に移動した。

（なんとか挨拶は終わったけれど、ちゃんとできていたかしら……）

隣に立つ暁の様子を横目に窺う。

「緊張したか？」

見られていることに気づいた暁は、隊員たちの打ち合いを眺めながら尋ねた。深月はつられて首をぱっと動かし、端正な横顔をじっと見上げる。

「緊張、しました」

「だろうな。声が随分と固かった」

「す、すみま……」

言いかけて、朝食の席でした会話が頭によぎる。

ここは謝っても問題ないところか悩む深月の横で、ふと空気が抜けるような音が聞こえた。

「緊張して当然だ。よく噛まなかったな」

細めた両の目がこちらを向く。

「……！」

朝食の際に名前呼びに苦戦していたとはいえ、こんなところで褒められるとは思っていなかった。

（いま、少しだけ笑って……た!?）

唐突な労いの言葉に、深月はまじまじと見返してしまう。彼の表情の変化に目の錯覚かと戸惑っていれば……。

「隊長、よろしいでしょうか。どうも刀が扱いづらくて」

「ああ。深月、ここで待っていてくれ」

「は、はい」

訓練中の隊員に呼ばれた暁は、そう言い残して場内の中心へ歩いていった。

ひとり残された深月は、姿勢のいい後ろ姿をぼうっと見送る。

そのとき、横から声をかけられた。

「よう、お嬢さん。アキとうまくやれてるか」

「……不知火さま」

深月は近距離からひらひらと手を振る不知火にそっとお辞儀した。

もう片方の彼の手には、木製の収納箱が握られている。

「俺に『さま』はいらないって、むずがゆくて仕方ねえ。不知火さん、または蘭士さんとでも呼んでくれ」

「で、では、不知火さんと呼ばせていただきます」

「おう、よろしくな」

不知火は好意的に笑いながら深月の隣に立つ。それから視線は深月の腕に移った。

「右腕の傷は塞がったか？」

「はい。その節は手当をしてくださって、ありがとうございます」

「礼はいいよ。俺もあんたの手ぬぐいを拝借したままだしな」

不知火は帝国軍お抱えの医者。検査結果で深月を稀血だと断定したのも彼である。

要請を受ければどこにでも赴いて治療をするそうだが、彼の拠点は特命部隊であり、本邸には医務室、別邸には個人室が用意されている。

最近は頻繁に本部に出入りしていたらしく、深月とは初対面時に会ったきりだった。

(朱……暁さまからは、不知火さんが定期的に検査をおこなうらしいと聞いているけれど)

検査といっても大がかりなものではなく、内容としては血液採取と問診、触診だけだという。

(だけといっても、やっぱり緊張する……)

不知火は稀血である深月に興味津々だった。

出会い頭にも詳細をいろいろと聞きたそうにしていた様子を思い出し、無意識のうちに身構えてしまう。

どうやらそれは、不知火にも伝わっていたようだ。

「はは、そう警戒しなさんなって。少しはわきまえろってアキにもこっぴどく注意されたしな」

「……暁さまが?」

それを聞いて深月の瞳は自然と暁を映した。

(え……?)

いつの間にか彼は、隊員と打ち合い稽古を始めようとしているところだった。

刹那、場内の空気が変わったことに気づく。そして両者の握る刃が面妖な鋭さを放ったとき、深月は目を見開いた。

（あれは、真剣？）

竹刀でも木刀でもない。一歩間違えれば軽い怪我では済まないだろう。もしもの場合を想像して顔を青くさせていると、不知火が何気なしに言う。

「前に、あやかしを宿らせたものを〝妖刀〟だっていう話はしたな」

「あやかし降ろしですか……？」

「そうそう。で、いまあのふたりがかまえてんのは、どっちもその妖刀だ」

妖刀。童天丸のほうは一度だけ抜き身の状態を見ている。

そのときは首筋に突きつけられてそれどころではなかった。けれど、いまこうして傍から観察していると、その異様さがひしひしと伝わってくる。

「刀の主は精神力を試される。舐《な》められたら逆に取り憑こうと襲ってくるのがあやかしだからな。それを制御したり従わせる訓練をするには、妖刀同士の打ち合いが効率的なんだよ」

「だけど、あれでは……」

「怪我もするだろうし、下手したら重傷を負うだろうな」

不知火は平然と言ってのける。

彼にも特命部隊にとっても、それが当たり前のことらしい。

「まあ、アキはそのへんの加減を心得ている。宿した鬼をあれだけ意のままに従えられんのも、あいつの実力あってこそだしな。それに……」

不知火はさらに言葉を繋いだ。

「訓練稽古でへばっているようじゃ、悪鬼も禾月も退けられない。勝てないだけならいいさ。が、最悪の場合は死ぬ」

不知火は断言する。

悪鬼に取り憑かれた人の変貌は、深月もしかと体感した。理性がなく発狂するさまは思い出しただけで体の芯が冷えていく。

では、禾月はどうなのだろう。

まだ自分は、禾月をこの目で見ていない。たとえ街中ですれ違っていたとしても、認識できないだろう。

人間の形をして、知能があり、世にうまく溶け込んでいて、血を飲む。

「不知火さんも禾月を見た……いえ、会ったことが？」

「ああ、あるよ」

「どのような人たちなのですか？」

聞かなければよかったと、すぐに後悔した。

自分も半分が〝そう〟だと知ったばかりだというのに。いや、そうだと知ったから聞いてしまったのかもしれない。

「禾月は……あー、そうだなぁ。悪鬼よりもよっぽど化け物じみたやつら、だな」

不知火にまったく悪気はなかった。答える上で深月を意識した素振りもなく、彼が見てきた禾月をただ追考させて口にしたにすぎない。だからこそひとつの事実なんだと思い知らされる。

（……化け物。悪鬼よりも）

深月は少しずつ知っていく。

人ならざるものと、それらに命をかけて立ち向かう人々がいる。

そして自分の存在が、どれだけ異質なのかということも。

＊＊＊

夜。廊下のガラス窓から空を見ると、分厚い雲の隙間から、三日月が顔を出していた。

（月明かりが弱いとはいえ、油断はするなと伝えておこう）

暁は夜間巡回の隊員たちへの指示を考える。

禾月の活動力は月の輝き度合いで左右される傾向にあった。

特に満月の強い光による精神の高揚はどの禾月にも当てはまる特性だが、だからといって警戒を緩めると命とりになる。そんなふうに少しの過信や隙で痛い目に遭ってきた隊員を、暁は多く見てきたのである。

肌寒さを頬に感じながら、暁は深月の部屋の前で立ち止まった。それから一拍ほど置き、ゆっくりと扉の取っ手に触れる。

中に入り、すぐに部屋奥の寝台を確かめた。

暗闇が広がる室内。格子窓から差す月の湾曲した光だけを頼りに、その存在を確認する。暁は足音を消しながら寝台横へと近づいていった。

足を止めると、すう、とか細い寝息が聞こえてくる。

(……これはいったい)

寝台を見下ろして、暁は思わずまばたきを落とす。

人がふたりは寝そべられる広さがあるというのに、深月が眠っているのは床に落ちるのではと思うほどに端の位置だった。それも厚手の毛布を被りもせず、薄っぺらい掛け布で暖を取っている。

(毎晩このような寝方をしていたのか?)

起きているときよりも幾分あどけない顔は、寒さに耐えているせいかまったく休まっているように感じない。

（……風邪を引きたいわけではあるまいし。さすがに落ちるだろう、これは）

暁は静かにため息をこぼす。

所在なさげに身を縮めて眠る様子があまりにも侘《わび》しく、ためらいながらも自ずから手を伸ばしていた。

相変わらず綿のように軽い。大げさかもしれないが、暁にしてみればそれほどに華奢《きゃしゃ》だった。よく言い換えて繊麗《せんれい》、けれどやはり体調面を考えてしまう。

本人ははぐらかしていたが、聞いた限り庵楽堂での食事内容は粗末なものだった。それも日頃から我慢していたというよりは、当たり前だと受け入れていた姿勢に、言いようのない憤りが頭の片隅に居座っていた。

その説明のつかない思いに釈然としないまま、深月を軽々と抱えた暁は掛布団をめくり、寝台の真ん中に横たえさせた。

手足が飛び出してこないよう厳重に布団を掛け直したとき。

「……！」

暁は、ぬくもりに包まれた深月の表情がほっと和らいでいくのを至近距離で目のあたりにしてしまった。

さらりと流れた前髪の下で、閉じ合わせた長いまつ毛が頬に影を落とした。

なぜだか、見てはいけないような心地になる。

（女性の寝顔を、長く見るものじゃない）

掛布団から手を離し、さりげなく目線を横にそらす。

そのとき、暁はなにかの気配を察知した。すぐさま探るようにまぶたを伏せ、そして、見つける。

（敷地外、南西か）

ここまでわかりやすい気配は十中八九、悪鬼だ。

複数が同じ場所を行ったり来たりしているようだが、いつまでたっても中に侵入しようとする動きはない。暁がほどこした結界の力によって足止めを食らっているのだろう。

だが、既存の結界で稀血の匂いをすべて消すのは難しかったようだ。

「童天丸」

暁はつぶやきとともに窓外へ鋭い視線を投げた。親指を刀の鍔《つば》にかけ、鯉口《こいぐち》を切る。

「彼女の気配を薄めろ」

それに応えるように、外気にさらされた刃の部分が赤く発光した。

童天丸に命令し、結界の効果を強めたのである。そうすることで外敵が稀血の気配に勘づきにくくなる。

やがて鞘《さや》から手を離した暁は、ふっと息を吐いてふたたび深月を見下ろした。

(まったく起きる気配がないな)

その様子に肩の力が抜ける。

無理もない。今日は朝から食事を一緒にとったり、隊員に挨拶をしたりと、気を張ってばかりだったろうから。

しばらくはそんな日々が続いていく。

しかし不思議と、初対面の頃にあった気鬱さはない。深月があまりにも、自分が抱いていた稀血の想像と異なっていたからだ。

使命にいっさいの揺るぎはなくても、なにも非情に徹しようとしているわけではない。だから余計に調子が狂ってしまう。

明日、彼女の口からはなにが語られるだろう。

うつむきがちの顔が、どのような感情を見せるだろう。

義務感からではなく、これは暁の中に表れた純粋な興味だった。

＊＊＊

数日後、その日も深月は執務室に来ていた。

暁には裁かなければいけない書類が多くあるようだが、深月には特にやることがない。暁のそばにいる必要があるとしても、この手持ち無沙汰は深刻な問題である。

(……でも、お仕事の邪魔をするわけにはいかないし)

せめて無駄に動かず彼の気が散らないようにしていなければ。

そう考えておとなしくしていた深月だが、しびれを切らしたように暁が机上から顔を上げた。

「君はじっとしているのが好きなのか?」

「……いえ」

好みを問うならむしろ苦手である。

貧乏暇なしとはよくいったもので、これまで深月は雑務に追われてばかりいたのだ。なにもせずにいると、自分がひどく怠惰な人間に思えてしまう。

本邸にいる女中たちの手伝いをすれば時間もあっという間に過ぎるのだろうが、ここでは分家のお嬢さまで通している深月に仕事を任せてくれる人はいないだろう。

第一に稀血として暁の監視下に置かれなければいけない立場でもあるのに、自由に出歩けるはずがなかった。

「君は養父から字を教わっていたと言ったな。書物にもなじみがあったと」

「は、はい。随分と前のことですが」

「文字を読むのは、苦ではなかったんだな？」

「好きなほうだったと思います」

曖昧な言い方をしたが、実のところかなり好きだった。

あまり外に出歩いていなかったので、あの頃は屋内で時間を費やせる書物がかなりの娯楽だったのだ。

「では、その棚にある書物に目を通してみるのはどうだ」

暁が示した壁一面に並んだ本棚には、ぎっしりと書物が置かれている。

有名な文豪の大衆文学作品から、諸外国から取り寄せたであろう翻訳小説まで、幅広く集められていた。

「……いいのですか？」

「部屋の外に出る以外は好きにしていいと伝えていたはずだ」

それはそうだけれど、図々しく室内のものを物色するなんて自分にはできない。

どこまでも受動的になってしまっている深月に、暁は「どれでも好きに読んだらいい」と付け足した。

本が読めるのなら少しは時間を潰すことができる。

「ありがとうございます。では、いくつか拝借します」

「ああ」

断りを入れて深月はそそくさと本棚に向かう。背中辺りに、暁が見守っているような気配を感じた。

(懐かしい……)

自分の背よりうんと高い本棚を眺めながら、ふと思い出に浸る。

養父とともに借家で暮らしていたとき、養父は帰ってくるたびに新しい読み物を届けてくれた。暁に伝えたように外来語の知識も豊かであり、十四までは深月も教わっていた。

しかし女中奉公となってからは、娯楽目的で文字に触れる機会はなかった。あったとすれば、麗子が女学校時代に持ち帰ってきた外来語の課題を代わりにやったぐらいである。

(どうしてわたしが外来語を理解できるのかと変に敵視されてしまったのも、その頃だった)

苦い記憶もよみがえってきて、なんとも言えない心地になる。

気を取り直して棚に目をやると、右隅の棚に覚えのある小冊子が挟まっているのを発見した。

「この冊子……!」

深月から歓喜の声が漏れる。

それは五年前、深月が一番続きを読みたいと望んでいた物語の続編だった。

「それがどうかしたのか」

知らずのうちに隣に立ってこちらの様子を見ていた暁が尋ねてくる。

「あの、この冊子、養父さまが貸してくれた物語の続編で、ずっと続きが気になっていたもので」

「そうだったか。俺も最新の第八章まで読んだが、どの話も面白かった」

「そ、そんなに続きがあるのですか……!?」

自分が読んだときは第一章が出回り始めたぐらいだったのに。

「ああ、ここには五冊まで。残りは書庫室に揃っている。めぼしいものを見つけられてよかったな」

「はい……っ」

心に残っていた物語、同じ読者が身近にいることへの驚き。深月は感激のあまり夢中になってうなずき、暁のほうへためらいなく顔を上げる。

暁は、かすかに息を呑んだ。

「……君は。もっと表情に乏しい人だと思っていたが、菓子のときといい、思い違いをしていた」

「え？」

なんだか視界がいつもより晴れている。見上げた拍子に、日頃微妙に目を覆ってい
る前髪が左右に流れたようだ。

なにより、暁とばっちり目が合っていた。窺い見たり、盗み見たりしてばかりだっ
た綺麗な面差しが、この上なく鮮明に見える。

（あ、れ……）

じっと見下ろされ、深月は初めて自分から明るい表情を相手へ向けていることに気
づく。その瞬間、頭の中には何重にも反響する声があった。

『あんたのその顔、周りを苛つかせているのに気づかないの？』

『この愚図、厚かましいのよ！』

『借金を肩代わりしてもらっておいて、よく楽しそうに笑っていられるわね』

『そんな余裕が、あんたにあるわけ？』

……心ない辛辣な言葉にまみれてきた結果、深月にはいくつかの癖が残っている。

相手の目を直接見られなくなっていること。

自分の顔をなるべく見せないようにうつむくこと。

決して人前で楽しそうに笑ったりしないこと。

どれも言いつけられて染み込んでいった癖である。それをいま三つとも無意識でし

てしまっていた。

我に返った深月に大きな焦りが生まれる。

「あっ、し、失礼しました、申し訳ありませんでした……‼」

庵楽堂でも人の目を気にして感情のままに笑うのは控えていたため、遅れて自分の状態を察した深月は大罪を犯したような気迫で謝ってしまう。

「……？」

しかし、暁は心底不思議そうに深月を見返していた。

「いまのどこに、謝る要素があった？」

「じ、自分から長いあいだ目を合わせてしまっていました。だらしない顔もさらしました。それに自分から笑いかけてしまいました。ずっと気をつけていたはずなのに、わたし……」

頭に深く響いた麗子の声は、思いのほか深月の意識を庵楽堂へ引きずり込んでいた。

ここはもう庵楽堂ではないと理解していても、体に残った癖はなかなか消えてはくれない。少しでも顔を上げて目が合ってしまえば、相手の不快になる感情を出してしまえば、頬を叩かれていたあの頃に戻ってしまう。

（……声が、おさまらない）

「落ち着け、深月」

そのときだった。大きな掌が、半ば混乱した深月の肩に添えられた。

「ここはもう、君のいた場所ではない。言え、ここはどこだ」

「え、と……特命部隊本拠地です」

「君の目の前には誰がいる」

「朱、……暁さまです」

まだ、視線は合わさったまま。透きとおる淡黄の瞳が力強く諭していた。

「君が言ったことを、俺は一度でも強要したか」

「……していません」

「目を合わせるなと馬鹿げた決まりを押しつけたか」

「いいえ……」

深月はぎこちなく首を横に振った。

積み重なっていく問答によって段々と冷静になっていく。

それから暁は、小冊子を持つ深月の手を一瞥した。

「俺は君の行動を制限しているが、感情の制限までするつもりはない。思うこと、感じることは君の自由であり、誰であろうと脅かすことのできない権利だ」

うまく言い表せないが、その言葉は深月の心に強く響いた。なんだか無性に目頭が熱くなり、視界がぼやけて涙があふれ出ようとしている。

深月は戸惑いながら横を向いて目もとを拭った。

「君の立場からすると、契約を提案した俺の言葉は説得力に欠けるだろうが」

深月の様子に察したふうに目をそらした暁は、ひとりごとのようにつぶやいた。

「いえ、そんな……」

「その冊子、読みたかったものなんだろう。いつまでも立っていないで座って読んだらいい」

「……はい、ありがとうございます」

さっきまで、どうしようもなく焦ってしまっていたのに、これでもう何回目だろう。彼の言葉にたやすく胸のつかえが取れて、救われたような気持ちになるのは。

養父の話になったとき、朝食の席、そして今回の件で確信した。

(……この人の言葉は、どんなときでもまっすぐだわ)

特命部隊の義務として、稀血の深月をそばに置くのが暁の責務なのは確かだ。

身の危険から守り、保護してもらっているといえば聞こえはいいが、そこにはあきらかな監視が含まれている。帝国軍にも未知数な稀血の自分は、そう簡単に野放しにはできないのだろう。

しかし、その義務感を差し引いても、言葉を重ねれば重ねるだけ彼の真摯さに触れ、驚かされている。

（よくわからない人だとはずっと思っていたけれど、彼はいったい、どんな人なんだろう）

いまさらながら、深月は思った。

利害関係の上で成り立つ軍人としての彼ではなく、暁というひとりの人として。

深月が誰かを知りたいと感じたのは、初めてのことだった。

その夜、深月は寝支度を整えにやってきた朋代にある頼みを口にした。

「前髪を少し、切っていただけないでしょうか？」

庵楽堂にいたときはむしろ都合がよかった。

前髪を長めにしていれば、自然と誰とも目は合わなくなり、顔全体をさらさなくて済んだ。女中たちから野暮ったいと陰で笑われようと、麗子の機嫌を損なわないようにできればそれでよかった。

でもここは、庵楽堂じゃない。

誰とだって目を合わせていいし、なにを感じてもいい、顔を合わせて笑ってもいい。

凝り固まっていた意識の外から、暁はそう思わせてくれる言葉をくれた。

なにより暁の花嫁候補としても、かたくなにうつむいてばかりでは迷惑をかけてしまう。お世話になっている以上、自分で改善できるところは直していきたいと深月は考えた。

「ええ、ええ！　もちろんですわ、深月さま」

深月の頼みごとを朋代はこころよく引き受けてくれた。

切り揃えられた前髪。

ほんのわずかな変化だけれど、深月の背中を押すには十分すぎるものだった。

三章

深月が特命部隊の別邸で暮らすようになり半月が経った。

以前より視界は良好になり、ゆっくりではあるが人の顔を見てする会話にも慣れてきたように思う。身構えてしまう癖はまだ残っているものの、びくびくと恐れて口を開くことは随分と減ってきた。

「失礼いたします」

今日も朝食を摂るため深月は食堂の間に入る。

一足先に来ていた暁は、椅子に腰かけ朝刊を広げていた。

「おはよう」

「おはようございます、暁さま」

朝の挨拶にもぎこちなさが取れてきた。

野暮ったい前髪を整えたおかげで、彼の顔も以前よりよく見えるようになった。そしてそれは、相手も同じなのだろう。

『どうでしょうか、暁さま。少し御髪を整えただけで、深月さまはもっと素敵になられましたわ』

『ああ、そちらのほうが表情もよくわかる』

『そういうことではありません！』

……と、暁と朋代の会話が繰り広げられていたのはまだ記憶に新しい。

暁も多くは語らなかったが、かといって苦言を呈する素振りもなく、その距離が深月には心地よかった。

「昨日も掛布団は使ったか？」

「は、はい。あの、もうちゃんとかぶって寝ています」

暁が就寝後の深月の様子を窺うついでに、しっかり掛布団をかぶせてくれていたのだと知ったときは驚愕した。

それまでは遠慮するように寝台の端に腰かけ、薄い掛け布にくるまって意識を手放していた。抱えて寝台の真ん中に移動させられていたかと思うと、ひどい羞恥が勝って深月はおとなしく寝台を使うようになった。

「それと、明日の午後すぎに蘭士が顔を出すと言っていた」

「不知火さんが？」

「ああ、君の往診に」

「……はい、わかりました」

不知火の往診は約五日に一度の頻度でおこなわれる。稀血の血液を定期的に採取し、体の異常がないかを確認されるのだ。

「体に異常を感じていないか？」

「いえ、特には……なにも感じないです」

この問答もお決まりとなりつつある。稀血である深月の状態を逐一気にかけるのも暁の仕事だ。

だが、暁や不知火から聞かれるような変化は深月の身に起こっていない。

(太陽の光を浴びても倦怠感《けんたいかん》はないし、逆に月の光を浴びたからといって体が熱くなることも、気持ちが高揚することもない)

どれも禾月の特性だと教えられたけれど、深月にはひとつも当てはまっていなかった。

「なにか違和感があったらすぐに言ってくれ」

「はい」

変化があったのは深月だけではない。暁のかける言葉は、あの日を境にまた少しずつ柔らかくなっていた。刃のように冷たく鋭かったまなざしはどこにもない。

朝食後、ふたりは執務室に移動した。

暁は執務机に着席し、深月はソファに座る。

暁が書類に目を通し始めたのを確認したのち、深月も手もとにある小冊子を開いた。

(もうすぐで、第四章も読み終わる)

ときおり、こんなに落ち着いた時間を過ごしていいのだろうかと恐縮してしまうほどに、穏やかな日が繰り返されている。

ほかに深月がしていたのは、朋代が趣味で育てている花壇の手入れを手伝ったり、縫い物や軽作業に手を貸したり、花嫁候補を装うため定期的に訓練場で暁の指導風景を眺めるというものである。

当初は勝手に執務室を出るなと言われていたが、深月の様子や態度を考慮して行動範囲も段々と広がってきていた。そんなふうに動けるのも、暁が童天丸を介し結界を張り、深月の現在地や動きを瞬時に突き止める力を持っているからである。

自分が庵楽堂でどのような扱いを受けていたかというのは、あれだけ過剰な反応を見せてしまったこともあり暁も薄々わかっているだろう。

それでもこちらを気遣ってなのか、すぐに追求してこない姿勢がありがたかった。もしかすると調べがついているからあえて聞いてこないのかもしれないが、なんにせよこれ以上ふがいない姿をさらすのは避けたい。

(それにしても、これはいつまで続くものなんだろう)

まだ半月程度しか経っていないけれど、暁との契約には具体的な期間が設けられていない。自分が稀血である以上は、明確な日数を定めても無意味なのかもしれないが。

(聞いてみても、大丈夫かしら)

小冊子から目を離し、深月は執務机のほうを見る。

その些細な視線を感じ取った暁が、おもむろに顔を上げたときだった。

「失礼します、朱凰隊長!!」

怒号に近い声が響き、素早く扉が開け放たれる。

ふたりのいる執務室に入ってきたのは、鶯色《うぐいすいろ》の髪をした軍服姿の青年だった。

猫のようにつんとした薄茶色の目、どことなくあどけなさがある中性的な顔には、驚異の感情が前面に出ている。

「羽鳥《はとり》、入室許可はまだだが」

「申し訳ございません。しかし、いまはそれどころではありません!」

羽鳥と呼ばれた少年は、つかつかと早歩きで執務机の前にやってくる。そして両手を机につき身を乗り出すと、まくし立てるように言った。

「聞きましたよ。朱凰隊長が花嫁候補だとかいう未来の伴侶を迎えたと! しかしそれは表向きで、不知火さんの話ではその女、稀血だというじゃないですかっ!!」

「……ああ、そのとおりだ」

暁は机上で両手を組むと、伏せたまぶたを持ち上げ、しかとうなずいた。

「僕が部隊を離れていたあいだでどうしてこんなことに……あの稀血が隊長のそばに四六時中一緒にいるなんて、看過できるわけがありません!!」

「羽鳥、少しは落ち着け」

「隊長こそなぜ落ち着いているんですか! だって稀血は隊長の――」

「いい加減にしろ、羽鳥」

重々しく放たれた声に、激昂《げっこう》の嵐がぴたりとやむ。昼間でも夜空にぽっかりと浮かんだ満月のように、鮮明な色の瞳がすごみを放っている。感情的になった羽鳥を黙らせるには十分なほど威圧を含んだものだった。

「これは決定事項だ。おまえがとやかく言ったところで覆せる問題ではない。当人を前にして騒ぎ立てるなど、軍人としてあるまじき愚行だ」

「ぼ、僕は……も、申し訳ありません。さっき不知火さんに聞いたばかりだったもので、つい心配で……って、え？」

注意を受けて正気を取り戻した羽鳥は、ハッと踵《きびす》を返した。

振り返った羽鳥と目が合った深月は、なんとも言いがたい気まずさに硬直してしまう。

（あ……）

「だいたいの詳細は蘭士から聞いているようだな。では、ここで紹介しておく。深月」

暁は席を立つと、深月のほうに歩いてくる。

名を呼ばれ、小冊子をテーブルに置いた深月は慌てて立ち上がった。同時に羽鳥も口をきつく結びながら深月の前までやってくる。

「あ、の……深月と申します」

いまの会話を聞いたあとでは、相手が自分をどう思っているのか嫌でも伝わってい
た。いまだに納得いかない表情を崩さず、彼は最低限の挨拶を口にする。
「……特命部隊副隊長、羽鳥です」
羽鳥。旧華族、伯爵家の三男。齢十八という驚異的な年齢で副隊長の座についた青
年だと、少し前に暁が教えてくれた。
隊長の暁を心の底から尊敬している彼は、深月に対して隠す気がまったくない嫌悪
の念をそのまなざしに忍ばせていた。
（……きっと、わたしが稀血だから、よね）
場所は違うけれど、厳しい目も、嫌われるのにも慣れている。その理由が自分の特
殊性のせいだというのも。
私用で帝都をしばらく離れていた副隊長がいるのは知っていたし、そのうち会うの
だろうと深月も覚悟していたが、彼の一貫した態度には萎縮するほかない。嫌われる
ことに慣れてはいても、やっぱり胸に来るものがあった。
羽鳥と顔を合わせた次の日。
「朱凰隊長、失礼します。食事をお持ちしました」
昼頃、羽鳥が昼食の盆を持って執務室にやってきた。

朝は食堂の間でとっているふたりだが、昼食は朋代が別邸から運んだものを執務室でとるという流れがほとんどだった。

もともとは暁が書類整理の合間にひとりで食べていたので、昼は簡単で食べやすいものを執務室で済ませていたそうだ。三食すべて豪勢（深月にとっては）な食事というのは胃に負担がかかるため、昼食の軽さが深月にはありがたかったりする。

（今日は、羽鳥さまが運んでくれたのね）

どうやら暁の昼食の配膳は前々から羽鳥が担っていたらしい。それを羽鳥が帰ってくるまでの期間だけ朋代が代理でおこなっていたそうだ。

（なんだか、申し訳ない）

朋代に対しても感じていたけれど、羽鳥が自分の昼食まで運んでくれているのを見るとお詫びを言いたくなってしまう。暁の分は喜んで持ってきているが、深月の分に関してはひしひしと不服さを感じているので余計に申し訳なかった。

「……昼食、ありがとうございます」

「こちらに置かせていただくので結構です」

そのまま座りながら待っているのも悪いので、羽鳥から盆を受け取ろうとしたのだが、ばっさりと断られてしまった。

中性的な顔が無情にも『触るな』と告げている。

（邪魔をしてしまったわ……）

余計な真似をしたと、深月は反省した。

「羽鳥――」

その一部始終を目にした暁が口を開こうとしたところで……。

「朱凰隊長、いま少しお時間よろしいですか」

「ああ」

控えめに扉が叩かれ、隊員に呼ばれた暁は椅子を離れた。

「君は先に食べていてくれ」

深月にそう言い残して暁は部屋を出る。

羽鳥に目配せをしていたので続けて退室すると思いきや、彼は扉の前で立ち止まった。

「…………」

「…………」

奇しくもふたりだけになった室内に、重い沈黙が流れる。

深月はテーブルに置かれた昼食をただ見ていることしかできなかった。

たとえば朋代や不知火がいたのなら、次々と話題が尽きずに話を広げてくれるのだろう。暁は多弁ではないけれど、静かな空間に一緒にいても最初の頃のように苦だとは感じない。

だが、羽鳥はわけが違う。わかりやすく敵意のある相手を前にしてしまっては、刺激せずに静黙するしかできなかった。麗子のときと同じように。

「食事、召し上がらないのですか」

「え……？」

まさか羽鳥が話しかけてくれるとは思っておらず、深月は驚きしばたいた。

「冷めますけど」

「……暁さまより先に口をつけるわけにはいきません」

食べていいとは言われたが、部屋の主がいない状況で食事を進めるわけにはいかない。女中奉公のときに染みついた心構えがこんなときにも出てしまっていた。

「そうですか」

決して手をつけない深月の姿勢に羽鳥は度肝を抜かれ驚いているようだった。それから思案する素振りをして、じっと深月を見据える。

「あなたは本当に自分が稀血だと知らなかったのですか。求血衝動もなくその歳まで無自覚のまま？」

「はい……」

求血衝動。簡単に言うと、血が飲みたくて仕方がなくなる衝動だと聞いている。このような質問は、暁と不知火からもされていた。そして同じ質問をされようと深月の答えは変わらない。

「悪鬼に取り憑かれた人に襲われそうになりましたが、禾月はまだ見たこともないです」

するとと羽鳥は禾月を思い出したのか、しかめっ面を浮かべた。

「僕はあのいけ好かない連中が大嫌いです。人に危害を加えて血をすすり生きながらえているようなやつらだ。知恵が働くぶん悪鬼よりもたちが悪い」

それはもう、わかっている。散々耳にして、そして訓練場で刀を交える隊員たちの闘志を肌で感じ、どれだけ疎まれている存在なのかを知った。

「羽鳥さまは、禾月と……戦っているんですよね？」

いつか不知火にしたときのような聞き方で、深月は羽鳥に尋ねる。

「ええ、そうですけど」

「人の血を好んで飲む、だけど、人と変わらない姿なんですよね？」

「変わりません、でも」

溜《た》めるように区切ったあとで、羽鳥は続ける。

「あれらは人の形を真似た、ただの化け物です」

それはあのときの不知火とは比べ物にならない、厭悪《えんお》のこもった鋭い声だった。

中立的な不知火から『化け物じみた』、そして主観的な羽鳥から『ただの化け物』という言葉が出た。つまりどう転んだところで人間からすると、化け物であることには変わりないのだ。

（その血がわたしにも流れているのに、どうしてだろう）

言い知れない不安はあっても、やはりどこか遠い話のようだとも思ってしまう。それはきっと、禾月になにひとつ実感が持てないからだ。

「やはり納得がいかない。禾月でも許せないというのに、よりによって稀血が隊長のそばにいるなんて」

（よりによって……？）

意味深なつぶやきを拾ってしまい、深月は無言で見返した。

「と、とにかく。いまはおとなしく従っているようですけど、僕は稀血なんて信じませんっ」

ハッと口をつぐんだ羽鳥はさっさと部屋をあとにしてしまった。

化け物。その実感が伴わない言葉が深月の胸により深く刻まれる。

彼はもう部屋を出ていったというのに、ずっと針の筵《むしろ》に座らされている気分だった。

しばらくして暁が戻ってくる。

彼を見て、深月はすぐに違和感を覚えた。

「どうか、しましたか？」

言いながら深月の視線が、そそ、と暁の胸の下にまで下がる。正確には暁が抱えている網籠に、だった。

不機嫌な空気をまとわせた暁はいまもその場に佇んでおり、深月が思わず近寄ると、網籠がかたかたと小刻みに動いた。

「え、この子は……」

「蘭士が置いていった」

みゃあ、という可愛らしい鳴き声が、暁のため息と重なった。

網籠の中には、白、黒、茶色の三つが配色された子猫がいた。

「三毛猫……？」

「おそらくは」

ふわふわと柔らかそうな毛に包まれた子猫は、網籠を覗き込んだ深月を見上げてまた「みゃあ」と鳴く。

暁が隊員に呼ばれたのは、この子猫が理由だったようだ。

「この子、不知火さんが置いていったんですか？」

「ああ、こちらの返答を待たずに」

なんでも子猫は外の通りで馬車に轢《ひ》かれそうになり、右前足にかすり傷を負ったところを不知火が保護したのだという。

今日は午後から深月の往診もあり、子猫を抱えて特命部隊まで帰ってきたのだが、出入り口の門を抜けたところで本部から伝令が入ってきた。

重傷者を知らせる伝令で急ぎ本部へ向かわなければいけなくなった不知火は、近くの隊員にその事情と子猫を託し去ってしまった、ということだった。

隊員によると不知火は『アキに任せておけば安心だ！』と言い残していたようで、暁は完全に面倒をかぶったことになる。ゆえにずっと微妙な表情をしているのだろう。

網籠の中にはご丁寧にいくつかの手当て道具が入っている。

子猫の怪我はそこまで深くないようだが、白毛の部分に血がついているのが痛々しくて、早く処置をしなければという気持ちになる。

「あの、とりあえず怪我の手当てをしても？」

「……頼めるか」

「はい、もちろんです」

「みゃ」

暁から網籠を受け取ると、中でおすわりをした子猫が短く声をあげた。

場所をソファに移した深月は膝上に網籠を乗せ、さっそく手当てを始める。

「にゃあ～」

「ちょっとだけじっとしていてね、だいじょうぶよ」

前足に触れると、ふにっとした肉球の感触が指先に伝わった。

子猫は警戒心もなく手にすり寄ってくる。それどころかすでに懐きかけているようで、おとなしく深月に手当てをさせてくれた。

「君は猫の扱いがうまいな。手当ても慣れているようだ」

頭上から感心した声がする。

暁は食い入るように深月の手当て風景を眺めていた。

「動物はあまり触れ合う機会がなかったのですが、手当てはそれなりに……」

「それなりに？」

「あっ、いえなにも」

変なところで突っ込まれ、深月はごまかすように首を左右に振った。

怪我に慣れていたから手当てにも慣れていた、とは言えない。

そのまま子猫のほうに目線を落とすと、ちょうどよく扉の外から「隊長、追加の伝達です！」と声がかかった。

伝達の内容を確認した暁は、扉を閉めると呆れたように口を開く。

「不知火は本部に数日泊まり込みらしい」

「え、ではこの子は……」

「任せるそうだ」

（不知火さん……）

急な怪我人が出たとはいえ、自由奔放な不知火の振る舞いに深月の肩も下がる。

ということは、少しのあいだ暁が子猫を預かるのだろうか。

「みゃあ～」

「……っ」

まるで暁の言葉を理解していたかのように子猫は網籠の中で立ち上がり、暁に向かって手を伸ばしていた。

とても可愛らしい姿なのだが、暁の表情はどこか硬い。戸惑いながらも子猫に触れようとして、その手は宙で止まっている。

「猫を触るのは初めてでしたか？」

「成猫なら体を撫でたことぐらいはあるが……この大きさは、ない」

「そう、ですか」

ぎこちない返答に、深月までぎこちなくなってしまう。

暁からは、猫が苦手というよりは未知のものを前にどうすればいいのかわからないような、ためらう様子がにじみ出ていた。

「なにかの拍子に潰れてしまったら困る」

「つ、つぶれ」

子猫といってももう体はかなり育っているので、暁が言うような大事は万が一にも起こらない。要は力加減の心配をしているのだろうが……。

「あの、よければわたしが見ていましょうか？」

困っていると思ったら、考えるより先に声が出ていた。

「君が、この猫を？」

「と、突然すみません。わたしも身を置いている立場なのに……」

急激に自信がなくなってしまう。

さすがに生意気を言ってしまっただろうか、出すぎた物言いだったならどうしようと、深月は頭の中で悶々とした。

「ありがとう。そうしてくれるなら、助かる。頼めるか？」

そう言った暁の顔が、ほっと緩んだ。

「……！」

自分の提案が無駄なものではなく、お礼となって返ってきた。こんな些細な瞬間に胸を打たれてしまう自分は、やはりおかしいのだろうか。

（でも、どうしよう、嬉しい……）

前足を怪我した子猫が、以前の自分と重なって見えた。そんな思いもあって口にした提案だったけれど、感謝されたことがこの上なく誇らしくて。暁が見せてくれたかすかな笑みに、心がきゅっと弾んだ気がした。

怪我をした三毛の子猫は、深月にやすらぎを与えてくれた。

世話をするようになって数日で傷は塞がり、用意されたエサもぺろりと平らげる元気いっぱいの女の子だった。

「その子のお世話をするようになって、前よりも表情が明るくなりましたわねぇ」

朝、深月の髪を梳かしていた朋代が嬉しそうに言った。

「みゃあ～」

深月が応えるよりも先に、膝の上に座る子猫が返事をする。

この人懐っこい子猫はまたたく間に特命部隊内に知れ渡り、深月だけではなく日頃の訓練にへとへとな隊員たちの癒やしにもなっていた。

あくまで部隊内なので自由に遊ばせてあげることはできないが、子猫は深月と一緒にいるのを喜んでいるようだった。

「名前はお決めにならないのですか？」

「不知火さんが連れてきた子なので、わたしがつけるわけには……」

「あら、ではもうしばらくは『猫ちゃん』と呼ばなければいけませんね」

「にゃ」

またしても子猫が返事をする。

そんな子猫を見ている深月の口もとには、自然な笑みができあがっていた。

(この子、いい飼い主が見つかるといいけれど……)

ずっと特命部隊で飼うわけにはいかないだろうし、不知火が戻れば引き渡す手はずになっている。それを想像すると寂しくなるが、自分のもとにいるうちは精一杯お世話したい。

「でも、おかしいですね。人好きで自分から寄っていくのに、羽鳥さんにだけは毛を逆立てるだなんて」

「本当に、どうしてでしょう」

「羽鳥さんは生粋の猫好きなのですが……まあ、相性の善し悪しはありますものね」

「にゃ〜」

わかっているのかいないのか、子猫は無邪気に鳴くのだった。

昼食後、暁は席をはずしており、深月は子猫と静かにたわむれていた。

「猫ちゃん、すっかり元気になったね」

「みゃあ」

　これまで動物の近くで過ごした経験はなかったけれど、今回の件でがらりと印象が変わった。こんなに可愛くてふわふわした生き物に好感を抱かないわけがない。深月はすっかり子猫の虜になっていた。

　そして思っていたより頭がいい。人の表情を読み取り、話し声に耳をすませて、なにかしらの反応をいつも返してくれるのだ。

　こんなにも無垢な生き物だからこそ、深月は不思議だった。

「猫ちゃん、どうして羽鳥さまには威嚇するの？」

「にゃ」

「暁さまのことは大好きみたいなのに」

　深月の質問に、子猫はぷいっと顔をそらしてしまう。

　あからさまな反応すら可愛らしくて笑みがこぼれる。

「でも、あなたが引っかこうとすると、羽鳥さまはすごく寂しそうにしていてね」

「みゃあ？」

「きっと悪い人ではないと思うの。あなたにも意地悪はしていないでしょう？　だから、そんなに怖がらないで」

　深月のほうを見上げた子猫の頭を、指で優しく撫でる。

子猫は気持ちよさそうに目を細め、深月は眉を下げてつぶやいた。

「なにもしていないはずなのに嫌われるのは、つらくて、悲しいから……」

それは子猫を諭した言葉なのか、それとも深月の本心だったのかと言えば、おそらく両方だった。

「待たせた」

深月が口を閉ざした直後、席をはずしていた暁が戻ってくる。背後には羽鳥の姿もあった。

「あ、お、おかえりなさいませ」

深月は平静を装いながらふたりを出迎えた。

(よ、よかった。聞かれてはいなかったみたい……)

彼らの表情を確かめ、普段と変わらない様子から聞かれていないだろうと安堵する。

羽鳥の敵意の目に、いままでになかった後ろめたさが孕《はら》んでいたことにも、深月は気づかなかった。


夜。眠っていた深月が目を覚ますと、部屋に子猫の姿はなかった。

(猫ちゃん……?)

朋代が用意してくれた木箱にも、寝台の足もとにもいない。

素早く視線をさまよわせ、扉に隙間ができているのが見えると、深月は寝台から飛び起きた。

（どこにいるの？）

冷たい床に素足を投げ出し、寝台横の洋燈《ランプ》をつけて部屋の中をもう一度念入りに確かめる。それでも子猫の姿は見つからない。

焦りに顔をゆがめたとき、格子窓の先から猫同士の威嚇する鳴き声が耳をかすめた。

（やっぱり、外に……っ）

猫同士で喧嘩《けんか》をしているのだろうか。せっかく傷も治りかかっているというのに。また新たに怪我を作ってしまう前に連れ戻したいところだが……。

いくら敷地内の行動範囲が広くなったとはいえ、夜中に無断で部屋の外に出るのは許されていない。

そう考えている瞬間にも鳴き声は届いてくる。

このまま放っておくことはできない。

「……っ」

扉を引くと、足もとを冷気が吹き抜ける。抗うように足を前に動かした深月は、薄い夜着のまま部屋を飛び出した。

二月下旬の真夜中は、肌を刺す冷気に包まれていた。

夢中になって板の間を駆け抜け、階段を降りて一階にたどり着く。近くのサンルームの施錠をはずし、深月は置かれた外履きを借りて別邸の外までやってきた。

外気に触れたとたん、肌がぶるりと粟立《あわだ》つ。口から出た白い吐息を視界の端に捉えながら、辺りを見渡した。

(あっちのほうから聞こえる)

北風に運ばれて、ほんのわずかに猫の声がする。

いまだに激しい威嚇が含まれた鳴き声なので、子猫のものか、はたまた別の猫のものかまでは判断が難しい。けれどその鳴き声を頼りに、深月は本邸に繋がる舗装路を進んだ。

やがて舗装路にぼんやりとした明かりが転がっているのが見えた。

曇った夜空が作り出す暗闇に、それは導のように輝いている。

深月はその場で一度動きを止め、目を凝らした。

(よかった、いた……っ)

道に転がる明かりの正体は、隊員たちが使用するカンテラだった。そのすぐ横で寄り添うように身をかがめた子猫の姿を発見し、ほっと胸を撫でおろす。

深月は子猫のもとに駆け寄るが、その様子に首をかしげた。

「猫ちゃん……?」

部屋からは猫同士の鳴き声が聞こえていたが、この場には子猫しかおらず、見る限り外傷もなさそうだった。

ただ、ひどく怯《おび》えている。深月がそばにいることにも気づいていないようで、小さくうなり続けていた。

「外、寒かったでしょう。おいで」

安心させるように声をかけながら、子猫に手を伸ばす。

しかし、子猫は「シャーッ」と錯乱して深月の手に爪を立てた。

（……痛っ。ここでいったい、なにがあったの？）

ほかの猫と喧嘩をして、その興奮が冷めきっていないだけならわかる。けれども、子猫は興奮していると言うには収まりきらないほど、なにかが妙だった。

「なんだぁ？　この匂いは」

ぞわりと、背筋に激しい悪寒が走る。声は深月のすぐ後ろからしていた。

（え……）

振り向くと、そこには見覚えのない着流し姿の男が立っていた。それからすぐ飛び込んできた異様な光景に、深月は瞠目《どうもく》する。

涼しい顔をした男の片手が掴んでいるのは、負傷した隊員だった。

（この人、暁さまに稽古をつけてもらっていた……）

見覚えのある隊員と、かたやまったく知らない男。

近づかれた気配どころか、音すらしなかったはずだ。なのに、その男は隊員の襟を後ろから鷲掴《わしづか》み、地面を引きずるようにして引っ張り上げている。

そんな状態でなにも聞こえなかっただなんて、おかしな話だった。

「その人……どう、して……？」

凍える寒さと恐怖が混じり合ってうまく声が出せない。それでもやっとの思いで絞り出した問いに、男は嘲笑った。

「ああ、こいつ？　どうしてって、どうもしねーよ」

「あああああっ!!」

隊員の叫びにさっと血の気が引いていく。

あろうことかこの男は、反対の手に握っていた妖刀の先を、隊員の背中に突き刺したのである。

「や、やめ……っ」

「腹が立つだろ。脆弱な人間が一丁前に妖刀振り回して図に乗ってるんだぞ。まあ妖刀使ってもこのザマだけどなぁ!!」

この感じを深月は知っている。

強烈なまがまがしさの中に不気味さを含んだ、狂気そのもののような空気感。悪鬼に取り憑かれた誠太郎のときと似ていた。

　けれど、決定的な違いがあった。

「それより、おまえはなんだ？」

　興味のまなざしが深月を捉える。男には、誠太郎にはいっさいなかった会話をする意思と理性があったのだ。

（も、もしかして、この人……）

　ふたたび子猫が威嚇の鳴き声をあげる。深月ではなく、目の前の男に。

「ここの女中か？　ちょうどいい、女の血のほうが飲みたいところだったんだ。いや、待てよ」

　男はすんと鼻を嗅ぐ。それからカンテラの淡い灯りに照らされた深月の手を一瞥し、にひるに笑みを浮かべた。

「この匂い……くっ、ははは!!　まさかこんなところでお目にかかれるとは、今日はついてる！」

　男は軽々と隊員を放り投げ、妖刀を手にして一歩前に出る。

　風が吹き、ふいに深月の周囲に淡い光が注がれた。

　ふたでかぶせたように空を覆っていた雲が、隠れた月の姿をゆっくり暴いていく。

　今夜は、まぶしい偃月《えんげつ》だった。

「おまえ、稀血だなぁ？」

そう言いながら、男は妖刀に付着した血を舌で舐める。

理性はありながらも高揚感を隠しきれずに呼吸は荒くなり、肩が上下に動く。血走った瞳が、妖光をたたえて不気味に細まった。

（悪鬼じゃない、この人は——）

「その血、よこせ！」

反応する間もなかった。一瞬にして深月との距離を縮めた男は、深月の腕を狙うように妖刀で斬り込み……。

「……ぁっ」

深月の夜着に薄い切れ目が入った瞬間、刀同士の交わる音が鳴り、妖刀は地面に払い落とされていた。

ハッと顔を上げると、そこには暁の姿があった。

男の前に立ち塞がった暁は、すんでのところで妖刀を落とし深月を助けたのである。

「ち、妖刀使いが！」

「あ、暁さ……っ」

言いかけた深月の声が中途半端に途切れる。

足もとに転がった妖刀、そして自分が履く外履きに、ぽたぽたと血がしたたっていた。それが暁の負傷によるものだとわかり深月の顔は青ざめた。

なにも動きが見えなかった。けれど、男はいつの間にか妖刀の代わりに短刀を携えていた。その短刀が暁の首筋から肩口にかけて怪我を負わせたのである。

しかし、負傷したにもかかわらず、暁は衰えのない機敏な動きを見せて男を拘束する。

「くそっ、離せ！　人間の分際で——ぐああ!!」

地面に突っ伏した男の肩を暁が童天丸で突くと、抵抗していた男は眠るように気を失った。

騒動から一変、辺りはしいんと静まり返る。

暁は童天丸を納刀すると、舗装路のわきに飛ばされた隊員の安否を確認した。そして座り込んでいた深月のもとまで歩いてきてじっと姿を見下ろす。

「暁さま、怪我が……」

「それより、これで傷を」

立ち上がろうとする深月を制して暁が差し出してきたのは手ぬぐいだった。

深月の手の甲にある一本の引っかき傷。少し前に子猫にやられたものだ。

「は、はい」

手ぬぐいを受け取った深月は、かじかんだ指先に力を込めた。

なんとか手ぬぐいを巻いていれば、暁は自分の外套《がいとう》を深月の肩にかける。彼の温度の名残を感じて、ようやく手に血が通い始めた。

「少し汚れているが、部屋に戻るまでの辛抱だ」

「そんな……わたしが部屋を出たから怪我を」

暁は片膝をつくと、おとなしやかに言葉を重ねる。

「傷は、その引っかき傷だけか」

「……だけ、です。猫ちゃんを怖がらせてしまって、それで」

「あの男には、なにもされていないか」

「されていない、です」

駆けつけてくれた暁もわかっているはずだ。それでもあえて確認するのは、気が動転した深月の返答をあおぐことで呼吸を整えてくれたのだろう。

「君が無事でよかった」

情け深い声音に深月は唇を噛みしめた。

自分が部屋を出たから彼は怪我をしてしまったのに。咎める発言はいっさいせず、深月を心配し、安堵している。軍人とは、皆こんな人ばかりなのだろうか。

「……っ」

「暁さま……？　大丈夫ですか、暁さまっ」

暁の上体がわずかに傾き、深月はとっさに支えた。

距離が近くなると、いままで抑えていたであろう苦しげな吐息が耳にかかる。

「朱凰隊長!!」

ふたりのもとに遅れて羽鳥が到着した。そのすぐ後ろには本部にいるはずの不知火の姿があった。

「これは、そこの禾月に斬られたんだな?」

「俺よりも……先に、向こうにいる隊員を……」

「ああ、ちゃんと処置する。だがおまえの出血量も相当だぞ」

首から肩にかけてある傷はかなり深く、不知火の止血も追いつかない状態だった。

「不知火さん。こちらは刺し傷ひとつ、多くあるのは擦り傷と打撲痕です」

羽鳥はもうひとりの隊員の状態を口頭で知らせ、不知火の指示に従い処置を始める。

その後、暁の処置の続きは室内に移動してからおこなわれることになった。

羽鳥は負傷した隊員を、不知火は暁を抱えて近場の別邸に急ぐ。

「稀血ちゃん、ここを逃げ出すつもりがないなら、その治療箱を持ってきてくれないか」

「は、はい……」

両手が塞がった不知火に言われ、深月は強くうなずいた。

夜中に無断で部屋を出て、あげくには暁に怪我を負わせてしまった。この状況で現場にいた深月の逃亡を疑うのは当然の考えである。

ここまでの経緯や弁明はあとでいい。いまはいち早く治療するのが最優先だ。

深月は治療箱とカンテラ、すっかり警戒をといておとなしくなっていた子猫を抱える。それから足を止め、後ろを振り返った。

「そこにいる禾月は心配いりません。妖刀の力でしばらく意識は戻りませんから。本邸の隊員もそろそろ到着するのであとは彼らに任せます」

羽鳥の説明が飛んできて、深月は切り替えるようにかぶりを振った。

足取りがひどく重い。行きと違って随分と明るくなった道を進みながら、深月はいま起こったことを思い返す。

(あれが、禾月……)

見た瞬間から悪鬼とは違った空気を感じていた。

その理由は、男が禾月だからだった。

人と同じ姿、意思疎通も可能な知能、血に対する高揚と執着。それはまさしく、人ならざるもの。

「みゃあ～」

深月の腕に収まった子猫が鳴き声をあげた。まるで外に出てしまった自分のおこないを悔いて謝罪するかのように、深月の胸にすり寄ってくる。

温かいのに、寒い。子猫の温度も、暁がかけてくれた外套も冷えた体を包み温めてくれているのに、どんどん芯が凍っていく。

自分が稀血と呼ばれる要因、自分の体の半分を占めるもの。

なかった実感がようやく深月のもとへ降りてくる。

人を傷つけ、血を前にして、笑いながら殺生もいとわない禾月の姿。

そうなる可能性が深月にはある。化け物だと言われる厄介な特性が出るかもしれない。

だからずっと、暁の花嫁候補を装ってまで特命部隊にいるのだ。

わかってはいたはずなのに、地面に射す偃月の輝きが背中に当たって妙に落ち着かない。動揺から喉の奥が干上がっていくのがわかる。

「……わたし」

深月はたまらなく、自分が怖くなった。

次の日、聴取は羽鳥によっておこなわれた。

ありのままの経緯を話す深月に、彼は堅苦しい表情を浮かべながら意外にも理解してくれた。

本気で逃げる気があったのなら暁を置いてさっさと敷地を出ていただろうし、禾月に斬られそうになったというのも、皮肉にも信じるに値するものになったのかもしれない。

あの着流しの男は特命部隊が拘束した禾月であり、本邸の留置場へ連行する際に隊員が誤って逃してしまったそうだ。

深月の体感では億劫《おっくう》になるほど長かったあの瞬間も、実際は禾月の男が現れて助けられるまでほんの数分しか経っていなかった。だからこそ、深月の動向を察知した暁がどれだけ早く駆けつけてくれたのかがわかる。

羽鳥が言うには、暁はまだ予断を許さない状態だという。

斬られた傷だけならまだ違ったのだろうが、禾月の男が仕込んでいた短刀には毒が塗られていた。それが傷口から侵入してしまい回復を妨げているのである。

「わたしの、せいです……本当に申し訳ありません」

「やめてください。原因がなんであれ僕に頭を下げるのはお門違いです」

慰めはしないが批難を向ける様子もなく、羽鳥は素っ気なく深月から視線をそらした。そしりを受けるのも覚悟していたのに、むしろいつもより彼は冷静だった。

「……あの、暁さまにお会いすることは、できますか」

「会ったところで話せる状態ではないかと」

「そう、なのですが……」

もっともな返答に深月はうつむいて押し黙る。

いま感情的になっているのは深月のほうだった。

自分のせいで誰かが大怪我をし、想像を絶する苦しみに耐えている。そんな状態でなにか役に立てることがあるとは思っていない。でも、ただひと目だけでも会いたい。いつまでも消えない罪悪感が、差し出がましい頼みを口にしてしまった。

（……会わせてもらえるわけ、ない）

そう思いながら手首をぎゅっと握り込む。つけ直した組紐の感触が、深月の背を押してくれた気がした。

「どうか、お願いします」

羽鳥を見据えれば、彼はわずかに動揺を示した。

「いいじゃねーか、羽鳥。見舞いぐらい行かせてやれよ」

そのとき、部屋に不知火が入ってきた。

「……不知火さん、声かけもなく勝手に入らないでください」

羽鳥は会話を盗み聞いていた彼を横目で軽く睨んだ。

それをまったく意に介さず、不知火はふたたび口を開く。

「まあまあ。久しぶりだな、稀血ちゃん。その猫、あんたが世話してくれていたって聞いたぜ。なら、今回は俺にも責任がある。逃げ出したそいつを、あんたは探しに出てくれたんだ。つーわけで、ほら、アキの部屋に行くぞ」

「ちょ、不知火さん！」

不知火の援護もあり、深月は見舞いに行かせてもらえることになったのだった。


深月の部屋を出るとすぐ目の前には吹き抜けの階段がある。

暁の部屋があるのは、その吹き抜け階段の向こう側。手すりに沿ってぐるりと回った場所にあった。

(気づかなかった。ここが暁さまのお部屋だったのね……)

なにか問題が起きたときを考慮し、部屋が近いに越したことはなかったのだろうけれど。こんなに近い位置にあったとは知らず深月は密かに驚愕していた。

「アキ、入るぞ。つってもいまは聞こえないか……」

まずは先頭の不知火が声をかけながら扉を開け、そのあとを深月が続くようにして入る。深月の後ろには監視役の羽鳥もいた。暁が床に伏せているうちは、彼がお目付け役となっているのだ。

「……失礼します」

部屋の造りは深月が借りている一室とそこまで大差なかった。

深みのある色で統一された調度品の数々、寄木細工の床や大きな格子窓など。見慣れた洋室だが、置かれた私物でそこはかとなく和の空気が融合した空間になっている。客室用ではなく無駄なものを取り除いた簡素さと、きちんと整理が行き届いているのがなんだか彼らしくもあった。

（暁さま……）

彼が眠る寝台まで促された深月は、その姿を目にして胸が締めつけられる。

寝巻き姿で横たわる暁は、荒い呼吸を繰り返し苦悶の表情を浮かべていた。

額や頬ににじんだ汗、大量の出血で青くなった肌の色だけでも、怪我の程度がどれほどなのかわかる。

「……ごめんなさい」

心もとなくつぶやかれた声が届くことはない。羽鳥から聞いていたとおり、深くやられた短刀の傷と合わせて毒の効果がさらなる激痛を誘発させているようだった。

不知火ができる範囲の解毒を済ませてくれたので、あとは暁の気力と体力を信じるしかないようだが、この苦しむさまを前に不安な想像ばかりしてしまう。

『稀血の子か』

突然、ふわふわした音域の声がして、深月は弾かれたように視線を斜め前に動かした。そこには鞘に納まった刀――童天丸が壁に立てかけるようにして置いてある。

『人の世で生きながらえている稀血とは、何度見ても希少な』

「え、え……？」

話しかける声がしているのは、間違いなく童天丸からだった。

驚いて言葉を忘れていると、その声はよりはっきりと愉快そうに響く。

『禾月混じりのくせに本気で驚いてるぜ』

「あ、あなたは……どうして、話せて……？」

おそるおそると口を開いた。

そんな深月の様子を、少し後ろに立っていた不知火と羽鳥が奇妙な面持ちで見つめている。どうやらふたりには童天丸の声が届いていないようだった。

『なにを言ってやがんだ。いつもはこいつのせいで勝手ができないが、俺様はしゃべるのが大好きなんだぞ。それにおまえとも話してみたいと思っていたところだ。都合よくこいつがしくじったおかげで、いま自由にしゃべれるってわけだな』

刀に表情はない。けれど、童天丸が楽しそうなのは声の調子で丸わかりだった。

少し乱暴な口調で、主である暁がこんな状態でも我関せずとしている。

「稀血ちゃん、どうかしたのか？」

尋ねた不知火の視線が深月と童天丸のあいだを交互に動く。本当にこの声は自分にしか聞こえていないのだろう。

「……あの、暁さまの刀から、声がしていて」

「童天丸が？　いま話してるってのか!?」

「そう、みたいです」

深月は曖昧にうなずき、再度童天丸を見た。

『こいつもまだまだ未熟だよなぁ。おまえを間一髪で助けたはいいけどよ、足もとの獣に気を取られ立ち位置を変えたくらいで遅れをとるとは。俺様を使っているってのになんて醜態だ』

一度、禾月の男の攻撃を捉えた暁がやられてしまったのは、子猫を踏みつけまいとした結果だったのだろう。童天丸は無遠慮に意見しているが、深月はさすがに聞き捨てならなかった。

「そんなふうに言わないでください。わたしがいけなかったんです。眠る前に扉の確認をしていなかったから、わたしなんかをかばったから……」

どんな理由があろうと、自分のせいであることには変わらない。後悔したところで時間が巻き戻るわけでもないのに、昨夜の出来事を考えると自責の念にさいなまれる。

童天丸は『ふうん』と軽い相槌《あいづち》を打って続けた。

『おまえは稀血なのに卑屈すぎるな。本来ならほかのやつらを屈服させるのも造作ないくせして。そら、いい情報を教えてやる。稀血の子、こいつの状態を治したくはないか？』

「どういう、意味ですか……？」

『なんだ、治したくはなかったか』

「……っ、治せるのなら、治したいです」

強く断言する深月だが、もちろん好都合に降ってくる奇跡などない。だからこそ最初の問いを訝《いぶか》しげに返したのに、童天丸はまるでなにか手があるのだと言いたげな口ぶりだった。

「本当に、治す方法が？」

『あるぞ』

童天丸はもったいぶらずにその方法を告げた。

『傷口におまえの唾液をつければいい。驚異的な回復力は禾月が持つ特性だが、稀血のおまえは妖力を使って治癒と浄化を他者にほどこせるってわけだ。どうだ、すごいだろ？』

「……本当にそんなことが？」

できると言われても、はいそうですかと素直に受け入れられない。稀血である自分の唾液で怪我が治るなんて、常識から逸脱している。

「よ、妖力が、わたしにあるんですか？　それで本当に治るだなんて……」

『俺様の話が信じられないってか？　禾月の血が入ってるんだ、妖力くらいある。人間の枠組みで考えたら非常識なんだろうが、稀血のおまえには関係ないだろ』

「……っ」

まるで自分はもう人間じゃないと告げられている気分だった。

稀血だと教えられてはいても、だからといって深月は自分を人間ではないと思ったことはない。それなのに童天丸は、曖昧だった境目にたやすく亀裂を入れてくる。

この刀にとって深月は稀血であり、もはや人間としては見ていないのだ。

（だけど本当に、怪我を治せるのなら……）

いまは思い煩うより、暁の怪我をどうにかしたい。

その想いが強くあった。

「……傷口に唾液って、つまり、舐めるということですか」

『いまにも死にそうってなら舐めてもいいが、舌で湿らせた口をつけるだけでも効くだろ。要は唾液が触れりゃいいって話だよ。それを介しておまえの妖力がこいつの体に浸透し、浄化されて傷も塞がる』

「わかりました……」

深月は気持ちを固めるようにまぶたを閉じ、くるりと振り返った。蚊帳の外になっていた不知火と羽鳥に、これまでのやりとりの説明をするために。

「稀血ちゃん、童天丸の声が本当に聞こえているんだな？　いったいなにを話していたんだ？」

童天丸を一瞥し、不知火は個人的な興味を抑えながら詳細を求めた。

「……わたしには、治癒と浄化の力があるといわれました。暁さまの怪我も、残った毒もそれで治せると」

「おいおい、なんだって⁉」

「治癒に浄化……そんな力が稀血にあるとは記録にもありませんでしたが」

不知火同様に初めて聞く事実だったようで、羽鳥は眉根を寄せていた。

「それは本当に事実なのか、稀血ちゃん。童天丸は稀血について詳しくは知らなかったと、だいぶ前にアキが言っていたんだが……」

『俺様は知っているかと聞かれたから、さあどうだろうなと返しただけだ。知らないなんてひと言も口にしてない』

童天丸は屁理屈《へりくつ》をこねている。

ありのままを不知火に伝えると、やはり「なんつー屁理屈だ、下衆妖刀！」と叫んだ。羽鳥も同意するように「これだからあやかしは油断できないんですよ！」と怒っている。

『ふん、なんとでも言え。そもそもあのとき知りたがっていたのは、稀血は稀血でも、こいつの仇《かたき》のことだろ。どちらにせよ知らないってんだ』

「……仇？」

深月がぴくりと反応する。

声は思いのほか小さく、ほとんど口の中で発せられたため不知火と羽鳥には聞かれなかったが、童天丸はくつくつと笑っていた。

『その反応、おまえ知らなかったのか。ははは、傑作だ。まさか仇と同じ稀血に治されたって知ったら、こいつどんな顔すっかな』

心臓の動きが早くなる。

どこまでが本当で、どこからが嘘なのか。深月には区別がつかないけれど、とんでもない事情を耳にしたのは間違いない。

（稀血が、暁さまの仇……？）

思いもしない雑念が深月を取り巻いていく。しかしそんなこととは露ほどにも思っていない不知火が、気を取り直した様子で考え込む。

「にしても治癒能力か。それはどれほどのもんなのか、代わりに寿命を失うってからくりじゃないよな」

『そんなわけあるか阿呆《あほう》め』

「あ……刀は、それはないと言っています」

「……代償もなくできるってのか」

不知火は判断を決めかねている。

妖刀──あやかしものの言葉を本当に鵜呑みにしていいのか。医者としては患者の体になにが起こるかわからないのだから当然の迷いだろう。

だが、こうしているうちにも暁の押し殺したうめきが聞こえてくる。

『君が無事でよかった』

その言葉がふいに頭をよぎり、深月は不知火に向き直った。

「わたしにやらせてはいただけないでしょうか」

「うん？」

「なにか手立てがあるなら、試したいです。暁さまは、わたしを助けてくれました。方法があるかもしれないのに苦しませたままでいるのは……嫌、です」

自分の意見を言葉にするのはとても難しい。

少し前の自分からは考えられない発言で、生意気と捉えられるかもしれない。だけど、取り消すつもりは毛頭なかった。

（稀血が仇。詳しくはわからないけれど、いまは全部あと回し。暁さまの命が先よ）

生死の境をさまよっている人を前にして、誠実に向き合う以外の思考はいったんしまわなければ。深月は動揺を振り切り、暁の怪我が治ることだけを考える。

半ば押し切る形で許可を得た深月は、暁に近づくと寝台に身を乗り出した。

（唇を湿らせて、傷口に触れる……）

彼の寝巻きの襟に触れ、ゆっくりとめくり上げる。血のにじんだ包帯があらわになり、深月は冷静に努めながらその包帯をずらして傷口を確認した。

それから短く呼吸を整えると、唇を傷に這《は》わせた。

『ああ？　そうか、忘れていた。世話がやけるな』

童天丸がなにか言っていた気がしたが、まったく耳には入らなかった。しかしこのときの深月には、体をなにかがすり抜けていくような不思議な感覚があった。

ぎゅっと目をつむって数秒間、そのままの状態で待つ。

深月の髪の毛先が暁の体に流れると、その些細な感触に肩が小さく跳ねた。

「……とんでもないな、稀血の力は」

不知火の唖然とした声がする。結果は火を見るよりもあきらかだった。

唇を離して立ち上がり確認すると、童天丸が言ったとおり暁の怪我の傷は綺麗に塞がっていた。呼吸も安定しはじめ、表情も幾分穏やかになってきている。

（……本当、だったんだ）

口もとに血がついているからと、不知火が渡してくれた手ぬぐいで唇を拭きながら深月はぼんやりと思う。なんだかどっと力が抜けたような疲労感があった。

「あ……っ」

「ちょっと！」

一瞬、足もとがおぼつかなくなり倒れそうになったところを、背後に控えていた羽鳥が支えてくれた。

治癒の力を目のあたりにした羽鳥は、なんとも言いがたい表情をしながら深月に言葉をかける。

「稀血に治癒と浄化の力があるというのは、本当だったみたいですね。ところで童天丸はまだなにか話していますか」

「いえ、じつはさっきから静かで……」

「そうですか。おそらく朱凰隊長が持ち直したので制御がかかったのでしょう」

「世の中なにが起きるかわからんな。まさかこの目で神の御業《みわざ》のような光景を見られるとは。恐れ入ったぜ」

不知火は起こった奇跡に肝を潰していたが、暁の容態を確認すると肩の力を抜いた。

「……暁さまは、どうですか」

「呼吸も脈も問題ない。とはいっても出血量は変わらない、しばらくは体がふらつくだろうし、絶対安静だ」

それでも命に別条はないようで、深月はほっと息を吐いた。

「で、あんたのほうはどうだ」

「わたし、ですか？」

「いまも足もとがふらついていただろ？　おそらくそれは妖力が体から抜けた影響だ。あまり激しく動かないほうがいい」

「……そうですか、わかりました」

　暁の怪我が治ったのは、心の底からよかったと思う。その気持ちに偽りはない。だけど……。

（わたしには……妖力が、あるのね）

　複雑な心地だった。発揮された治癒の力は、裏を返すと自分がただの人間ではないことを決定づけるものになってしまったから。

　一難去ったいまならばと、暁を流し見たあとに深月はそっとふたりを窺う。

「……あの。童天丸が言っていました。稀血は、暁さまの仇であると」

　そう言った瞬間、ふたりの顔色が変わった。特に羽鳥はわかりやすく、童天丸のほうに鋭い視線を向けている。

「暁さまは、稀血に誰かを殺されたのですか？」

「……そうだな」

「不知火さん、言うんですか？」

半ばあきらめたように肯定の意を見せた不知火の横で、羽鳥が難色を示した。

「その下衆妖刀が稀血は仇だって言っちまったんだ。もうほとんど知ったも同然だろ」

「それでは、本当に誰かを亡くして……？」

出会い頭のひどく冷酷な面差しと、ここで過ごすようになり始めて感じた些細な気遣い。どうしてだろうと不思議で、暁のことを知りたいと思った。軍人としてではなく、生真面目でまっすぐな言葉をかけてくれる、この人自身を。

「家族、親しかった存在。殺されたのは、大切な人間すべて」

「すべて……」

深月の肩に見えない重りがのしかかる。正体不明のそれは深月の内側に流れる血を思い出させ、動揺を誘った。

「だからいまも、アキは仇を探してる」

すとん、と曖昧にあったものがようやく腑に落ちた。

『ようやく、見つけた』

『この日が来るのを、待っていた』

月に照らされた暁の冷ややかな様相と、焦がれつぶやかれた言葉。

どうしてあんなことを言ったのか。その言葉の奥にあった根本的な部分は不鮮明なままだった。

それが、やっと知れた。

彼はずっと、稀血を探していた。

そして唯一の手がかりになるかもしれない、同じ稀血の存在を見つけた。

仇と同じ自分を前にしながら、あのときの彼は、これまでの彼は、どんな気持ちでいたのだろう。

四章

「一ノ宮の小僧め。下手に出ているからといって、あれほど図に乗るとは何事だ！」

湯呑が居間の畳に投げつけられ、中身がすべて引っくり返る。

それでも気が収まらず、庵楽堂の大旦那は湯呑を蹴飛ばす。庭先でガシャンと割れる音が響いた。

「ちょっとあんた、落ち着いてくださいよ」

「これが落ち着いていられるか!!」

なだめる女将の肩を押しのけ、大旦那はずんずんと大股で歩いていく。

掃除中の女中の手を踏みつけ、洗濯物を抱えた女中とぶつかろうがかまいもせず、大旦那は屋敷を出ていった。

(ちくしょう、こんなはずではなかったのに!!)

一ノ宮誠太郎と深月の縁談が白紙となってからというもの、大旦那の苛立ちは収まるところを知らなかった。

ひと月半以上も前。誠太郎が麗子に惚れ込んで縁談の申し入れをしてきたとき、大旦那は『天はまたこちらに微笑んだ』と感激した。

一ノ宮家から出るであろう支度金で、借金をすべて返せると踏んだからである。

庵楽堂は何代も前の当主が宮廷に菓子を献上し、栄誉称号を賜った由緒ある商家。

大旦那は生まれた頃から甘やかされて育ち、若い頃はまだ余裕があった私財を投じて賭博や豪遊ばかりしていた。

しかし残念ながら大旦那には、商才や職人としての腕が皆無だった。

庵楽堂という先人たちが残してきた過去の栄光に胡座をかき、結婚して麗子が生まれてからも同じ生活を送っていたため、ついに庵楽堂も傾き始めたのである。

帝都民をいくらごまかせても、権利を振りかざして豪奢を極め、質も味も落ちた庵楽堂は徐々に宮廷からも忘れられていった。

それでも味をしめてしまった贅沢な暮らし、賭博や豪遊をやめられるはずもなく、大旦那はあっという間に借金まみれになってしまったのである。

数年前にも破産の危機はあった。しかしあのときは運を味方につけてなんとか免れることができた。

……だが、今回は本当にまずい。

そう思っていたときに舞い込んできた縁談だった。

大旦那は一ノ宮家と縁を結ぶことで、金子《きんす》と体面の両方を手に入れる算段だったのだ。

(麗子ではなく深月はどうかと交渉して、あの男も納得していたというのに!!)

娘ほどではないが、深月はほかの女中に比べて見目がいいのは知っていた。

容姿に関して自信があり、そのうえ他人の風貌に敏感だった麗子は、女の勘でなにか察したのか最初から深月を嫌っていた。

借金の肩代わりをしたと説明して深月を奉公女中にしたため、妻には不貞を疑われてしまったことがある。誤解はといたが、それからというもの麗子と女将はさらに深月に厳しく当たるようになった。

麗子の言いつけで常に目線を低くし歩き、顔が不快だからという理由で髪や格好にも制限をつけていたようだが、大旦那はいっさいの口を挟まなかった。

そういった環境下にいたため、深月は本来の姿を誰にも見せず、雑務を押しつけられる毎日を送っていたのだった。

『うちの麗子は父親の私も手を焼くわがまま娘です。それに引き換え、深月という女中はおとなしく命令を聞き、そして隠された華があります。あなたさまの手でよりいっそう美しく咲かせてみてはいかがですか』

『ほう、それもまた一興だな』

変態め。麗子が嫁がなくて本当によかった。

祝言が終われば約束の支度金も誠太郎によって色がつけられた状態で庵楽堂に届き、借金も無事に返せる。

大旦那の目論見は完璧だった……はずなのに。

『今後、我が一ノ宮が庵楽堂と縁深い関係になることはありません』

縁談はすべてなかったものとして処理され、一ノ宮現当主からは遠回しに金輪際関わるなと告げられた。

小耳に挟んだ話では、なぜか誠太郎は初夜のあと帝国軍に引き渡されており、深月がどうなったのかは大旦那もわからないままだった。

『まさか深月がなにかしくじったのか？　あの娘、置いてやっただけでも大恩だというのに、仇で返すとは……！』

こうして今日も大旦那の心中は穏やかではなく、庵楽堂には不穏が立ち込めるのだった。

＊＊＊

「本当に、嫌になるわ」

居間のほうで湯呑が割れる音と、父の怒号が聞こえた。

麗子は私室の鏡台に座って髪を梳き、ため息をつく。

ここ半月以上、父は機嫌が悪い。家中の空気も最悪で、庵楽堂の従業員にまで当たり散らしている始末だ。

「れ、麗子さま、失礼いたします」

「入ってちょうだい」

髪を梳き終わると、麗子付きの女中が襖の外から声をかけてきた。

許可を出せば、おさげの女中が頭を下げながら部屋に入ってくる。

父親の醜態を耳にして少し苛々した様子の麗子を前に、おさげの女中は震える手であるものを差し出した。

とたんに麗子の瞳がかっと開かれる。

「ちょっと、なにこれ!!」

麗子が女中の手から奪い取ったのは、つたない花柄の刺繍が施された手巾《しゅきん》だった。

西洋の文化が次々と帝都に流れ込んでくる昨今、華族や豪商の令嬢たちのあいだでは、意中の男性に刺繍入りの手巾を贈るのが流行っている。

そして和柄から洋柄まで幅広い柄を取り入れて縫われた完成品を、友人同士で披露するのも楽しみのひとつとして広まっていた。

麗子も例に漏れず、女学校時代の友人たちとカフェで待ち合わせて刺繍を見せ合うという交流を月に一度くらいの頻度でおこなっていた。

今日は久しぶりの集まり。毎回素晴らしい出来栄えの刺繍を披露する麗子なので、友人たちも期待しているはずだ。……それなのに。

「こんな不格好なもの、見せられるわけないじゃない！」

おさげの女中から渡された手巾を、麗子は怒り狂って畳に投げつけた。

「も、申し訳ございません麗子さま！」

「謝って済む問題じゃないわ。ねえ、あたしに恥をかかせたいわけ？　時間はたっぷりあげたはずなのに、どうしてこんなみみずがのたうち回っているような縫いしかできていないのよ!?」

麗子は落ちた手巾を踏みつけ、おさげの女中にまくし立てた。

「こ、これが精一杯で……っ」

「はあ？　なに言ってるの、あんたこれまで刺繍だけは得意だったじゃない」

「深月にやらせていました……!!」

畳に額をこすりつけ放たれたおさげの女中の発言に、ぴたりと麗子の動きが止まる。

「ずっと深月にやらせていたんです。あの子、生意気にも洋ものの柄をよく知ってて……だから深月に作らせていましたっ」

「深月ですって？」

麗子は思った。またあの子なの、と。

あの女の名前を女中たちの懺悔《ざんげ》から聞かされるのは、もうこれで何度目だろう。

女中たちの仕事の質が落ちているのには勘づいていた。

掃除、洗濯、食事の用意。いつからか麗子が気に入っていたお茶の味を出せる女中がいなくなり、お気に入りの着物の管理がいい加減になった。すべての仕事がずさんになっていたのだ。

少し前までは、深月の存在に苛立たしく思う以外は平和だった。

なのに深月が一ノ宮家に嫁いでいなくなったとたん、積み木の城が崩れ落ちるように、女中たちの仕事ぶりが激変したのである。

理由は明白だった。女中たちは深月に自分たちの仕事を押しつけ、その手柄だけを横取りしていたのだ。

『深月に頼まれた雑用をやらせていた』

『深月にお茶を淹《い》れさせていた』

『深月に管理をやらせていた』

断りきれなかった深月は、自分の睡眠時間を削ってなんとか押しつけられた雑務を終わらせていたのだ。このほかにも麗子や女将から言いつけられていた仕事があったにもかかわらず。

（深月……っ）

麗子はぎりと奥歯を噛んだ。

出会ったときから気に入らなかった。父がどこからか連れてきて、なぜか借金の肩代わりをしたというあの女が。

なによりも麗子が疎んだのは、本人すら無自覚だったあの不思議なまでに視線を惹きつける容姿である。

気にする必要はないと高をくくっていた。けれど、店の男性従業員の目が深月を追うようになり、麗子の嫌な予感は的中した。

この庵楽堂で自分以外が特別だということが許せなかった。

おまけに戸籍もない下賤《げせん》の身だというのに、女学校に通う麗子よりも外来語を理解している堪能さがひどく嫌味に映った。

これまでの人生、自分はなんでも与えられてきた。

それは事実であり、矜持《きょうじ》であり、当然の結果だった。

だから、深月に劣るかもしれないという現実を麗子は許容できなかったのである。

罵声を浴びせ痛みを与えていくうちに、深月は面白いくらい従順になった。

いつしか麗子が感じていた深月の不思議な魅力は見る影もなくなり、その冬枯れのような姿をあざ笑う毎日だった。

そして、ついに深月は一ノ宮誠太郎と縁談を結び、この庵楽堂からいなくなった。

借金が帳消しになったのは癪《しゃく》だったけれど、自分の代わりとして醜男の妾になった深月のことが心の底から愉快だった。

……全部、全部、うまくいっていたはずなのに。

（ああ、腹が立つ。一ノ宮家との関係もなくなって父さまはずっとあの調子だし。きっと深月が下手を打ったに違いないわ、見つけたらただじゃ置かない!!）

すべての怒りの矛先を深月に向けた麗子は、いまだ女々しく畳にうずくまっているおさげの女中の体を蹴飛ばした。

「いい加減邪魔よ。刺繍もろくに完成できないんだから、買い出しくらいはしっかりやって」

「は、はい」

「お友達にお渡しする手土産を買ってきて。中央区画のキャラメルとチョコレートよ」

「かしこまりました！」

逃げるように出ていったおさげの女中を、麗子は忌々しげに見送るのだった。

＊＊＊

昼頃、深月は部屋の椅子に腰かけ、窓外の景色を眺めていた。

膝の上には子猫が寝息を立てて眠っている。その柔らかい毛並みを撫でながら、深月はぼんやりと昨日のことを思い出していた。

（暁さまの大切な人たちが、稀血に殺されていただなんて）

自分以外にも稀血がいるのだという驚きと、次にどんな顔をして暁に会えばいいのかという悩みが両方ともやってくる。

（……怖い）

一昨日の夜に暴れた禾月のように、血を求めてしまう日が来るのだろうか。暁の大切な人を殺した稀血のように、誰かに手をかけてしまう日が来るのだろうか。

どれもまったくない話じゃない。

深月は体の中に漂っているという妖力を使って、暁の怪我を治癒した。妖力があるのなら、いつ禾月の特性が色濃く出たとしても不思議ではないのだ。

「失礼します」

そのとき、部屋に羽鳥が入ってきた。

昼食の時間にはまだ早い。

暁が全快するまで執務室には行けないので、深月は日中を部屋で過ごしている。食事も部屋でとるようになり、朋代か羽鳥が運んでくれることになっていた。

羽鳥の入室に、最初は昼食を持ってきてくれたのかと深月は思ったけれど、その手には盆がない。

「どうしましたか、まだ体調がすぐれませんか？」

羽鳥はうなだれた様子の深月を目にすると、少し心配したように近寄ってくる。

「あ、いえ。ちょっと考え事をしていただけで……」

そう話すと、羽鳥はほっと息をつく。

暁を治癒したあと、妖力が抜けた影響でなかなか疲労感が取れなかった。

ひと晩眠ってやっと疲れがとれてきたが、暁の部屋から自分の部屋に戻るまでの短い距離でも、羽鳥に補助してもらわないと歩けないほどだった。

不知火が言うには、反動が来たのではという話である。

要するに体の使っていなかった部位を酷使するとだるくなるように、これまで妖力を使ったことがない深月にも同じような症状が起こっているのかもしれない、という推測だった。

多少の発熱もあったのだが、こちらも眠って起きるとすっかり下がっており、深月も反動の収まりを感じていた。

「体はもう大丈夫です。ご心配をおかけして、申し訳ありません」

「いえ……あの、こちらをお持ちしました」

羽鳥はいそいそと深月の前に小冊子を差し出した。

表紙に【第五章】と記されたそれに、深月は目を見開く。

「朱凰隊長からです。先ほど目を覚まされて、あなたが部屋にいるのなら、こちらを渡してほしいと」

「暁さま、お目覚めになったのですね……本当によかった」

容態は安定していても意識は戻らなかったので心配していたけれど、目が覚めたのならひと安心である。

「こちらも、ありがとうございます。よければ、暁さまにもお伝えください」

暁の気遣いに戸惑いを覚えながら、深月は小冊子を受け取った。

暁と稀血の因縁を知ってしまったからか、落ち着いて羽鳥と顔を合わせるのもなんだか気まずい。

彼が初対面から向けてきた敵意の理由も、暁の事情を知っていたからこそのものだったのだろう。違う稀血が起こした問題とはいえ、彼が警戒を強めるのも納得である。

（羽鳥さまが信じられないのも当然よ。わたしだって、自分自身を信じきれていないもの……）

手にした小冊子にぎゅっと力を込める。

黙思する深月に、羽鳥はためらいながら言った。

「僕は、あやかし全般が大嫌いです。卑劣で、狂暴で、罪のない人々を傷つけるから。いままでの僕にとって稀血は尊敬してやまない人の憎き仇でした。でも、あなたのような人もいるのだと初めて知った。隊長の怪我を治してくださってありがとうございます」

「だけど、もともとはわたしが……」

「そうだとしても、ご自分のことは顧みず行動を起こしてくださったじゃないですか。あんなにふらふらしてまで。だから、すみませんでした」

羽鳥の謝罪に耳を疑った。角が取れたように丁寧な物腰になった彼に、深月は目をぱちぱちさせる。

「稀血だからといってひとくくりにするのは浅はかでした。これからは自分で見極めますので、よろしくお願いします」

羽鳥は深くお辞儀をすると、そのまま部屋を出ていった。

残された深月は、小冊子を胸に抱えてうつむく。

「わたしもどうなるのか、わかりません……」

あの夜の禾月のように、自分がこの先々で誰かを傷つけてしまうかもしれないという可能性が消えたわけではない。だから、いつ理性を失って羽鳥が嫌悪する存在になるともわからないのに。羽鳥はいったいどう見極めていくつもりなのだろう。

妖力を使って人ならざる力を発揮したいまの深月には、絶対に狂暴にならないと断言できるだけの確証がなかった。

人間と禾月のあいだにさいなまれながら、この日も時間があっという間に過ぎていく。置いてけぼりをくらったような心細さが胸に募った。

＊＊＊

夜の帳が下りる頃、洋燈の明かりが暁の部屋をほんのりと照らしていた。

「明日には職務に復帰する。心配をかけたな、蘭士」

「明日からって、あれだけ血を流して倒れたっていうのに、元気になるのが早すぎだろ。本当に人間か？」

昼間に目が覚めたばかりのはずだが、すでに暁は明日から職務に就くつもりだった。それを医者として見過ごすわけにはいかず、不知火は首を横に振った。

「却下だ。あと三日は休め」

「三日もだと？」

「も、じゃない。だけ、だ」

「しかし、俺が休んでいては隊員たちに示しが……」

渋る様子の暁に、不知火はその心配はないと笑った。

「むしろあいつらは大歓迎だと言うさ。そもそもおまえは休みが少なすぎるんだ。いい機会だからこの三日ぐらいは非番にしとけ。本部にもそう報告済みだ」

本人がどんなにごねても、医者の権限で隊員の非番申請を通すことができる。

不知火は目覚めたあとの暁の考えを予想し、先に申請を入れていたようだ。

「わかった、三日だ」

すでに報告されていては撤回するのも手間だと考え、暁は早々に折れた。

それから傷が綺麗に消えた自分の体に目をやる。

「羽鳥から聞いた。俺の怪我は、彼女が治してくれたんだろう」

「ああ、世にも不思議な……いや、見事な稀血の力だったぜ」

不知火の反応を確認し、暁の視線が壁に立てかけられた童天丸に移った。

「少し童天丸と話がしたい」

「……了解。そのあいだにおまえの薬湯を煎じてくる」

「ああ、頼む」

部屋を出ていく不知火の背を見送ったあと、暁は改めて童天丸を見捉えた。

「童天丸」

『よう、生きながらえてよかったな』

暁の呼び声に、刀を軽く振動させて童天丸が応えた。

「おまえは、なにを考えている」

『藪《やぶ》から棒になんだよ？』

「とぼけるな。治癒のことだ。稀血にそんな力があったと、おまえから聞いていない」

『当たり前だろ、言ってないんだからなぁ』

けらけらと刀の中で笑っている童天丸に悪びれる様子はいっさいない。

一瞬だけ暁の顔がぐっとゆがむ。しかし童天丸に腹を立てたところで気力の無駄だと知っている暁は、はあと嘆息を漏らした。

「おまえの声が聞こえたのは、彼女が稀血だからで間違いないか」

『ああ、そうだ。感謝しろよ、弱った宿主に見飽きた俺様のおかげで、おまえは稀血の子の治癒を受けられたんだ』

「おまえ、彼女になにをした」

暁は低く声を響かせて問うた。そこには隠しきれない怒りが感じられる。

『なにがだ？』

「治癒は妖力の消費によって引き出されるものだと聞いた。だが、俺はいままで彼女から妖力の気配を感じたことはない。だというのに、なぜ彼女は突然に力を使えた？」

妖刀を扱う暁には、あやかしものの妖力や邪気の気配がわかる。しかし、これまで深月からはその類いをまったく感じなかった。

治癒のために妖力が使われたというのはおかしな話なのである。

『決まっているだろ。俺様が促してやったんだよ。稀血の子に眠っていた妖力の核なる部分を』

それを聞き、暁の表情がさっと消えた。

「……なぜ、そんな真似をした」

『おまえを助けたいって健気に願ったからな』

間髪入れずに返答が来て、暁はしばし考えた。

童天丸には些末な問題なのだろうが、深月の妖力を引き出したというなら、すなわち禾月の本能にも敏感になる可能性があるということだ。

『言っとくけどな、俺様は妖力の巡りを正常に戻しただけだ。俺様が手を貸さなくたって、遅かれ早かれこうなっていただろ』

童天丸はさらに続けた。

『まあ、気をつけろよ。あの娘、相当追い込まれているみたいだからなぁ』

「どういう意味だ？」

聞き返した暁に、童天丸はない鼻を鳴らした。

『おまえにはわからねぇよなぁ。人間でも禾月でもない、得体の知れないものになった気分なんざ。俺様にもわからん』

そんなことはない、と開きかけた口を、暁は引き結んだ。

言葉こそ適当だが、童天丸の言うとおりである。どんなに案じたところで、稀血ではない自分に深月の気持ちのすべてを理解しようだなんて傲慢であり、絶対に不可能なのだ。

それを歯がゆく感じるのは、情が芽生えてしまったからだろうか。

今回の件も、自分に至らないところがあったと感じても、深月をかばったゆえの負傷に後悔はない。それが自分の責務だと断言する反面、あのときなにか別の感情に駆り立てられたような気がした。

禾月の男に斬られそうになる姿に血が沸騰しそうになった。絶対に傷はつけさせないと思ったら、自分でも驚くほどの速さで童天丸を抜刀していた。

深月が無事だとわかって心の奥底から安堵した。肩が震えていたから、なにかかけてやりたいと外套で包んだ。

それからの記憶はあまりない。

起きてみると深月が自分の怪我を治癒したのだと知り驚いた。

あれだけ稀血である自分を憂虞《ゆうぐ》していたのに、なにがどうなって能力を使う羽目になったのか疑問だったのだ。

それが自分を助けたいがための行動だと教えられ、暁は戸惑いを隠せなかった。

ふたつの種族の狭間で揺れる深月は、人ならざる治癒を発揮し、人ならざる妖力に触れ、その心でなにを考え巡らせていたのだろう。

なぜこんなことを考えるのか、その理由は暁自身もわからぬままだった。

「話し終わったのか？」

黙り込んでいる暁に、薬湯を手に戻ってきた不知火が声をかけた。

しかし暁は難しい表情のまま一点を集中している。

『あの娘、相当追い込まれているみたいだからなぁ』

童天丸の言葉が脳裏で繰り返される。

「……蘭士」

不知火が怪訝に思っていると、暁はぱっと顔を上げて尋ねた。

「なにか気晴らしをするとなったら、なにが一番いいだろうか」

「……は？」

「女性の気晴らしには、なにが有効だ」

さらに暁が大真面目に聞いてくるので、不知火はなおさら度肝を抜かれるのだった。

＊＊＊

翌日、朝食からしばらく時間が経ったあとで深月は執務室に呼ばれた。

入室すると、本棚の前で書物を開いている暁の姿が目に飛び込んできた。

「暁さま……？」

執務室に呼び出されたので、もしやと少しは考えていたけれど、目覚めた昨日の今日で平然と立っている彼に疑いの目が向く。

「もう起きて大丈夫ですか？　お体はよろしいのですか……？」

「ああ、問題ない」

暁に無理をしている様子はない。治癒をした日よりも数段に顔色がよくなっており、本当に体調が回復したのだとほっとした。

「君が治癒の力を使ってくれたんだろう？　おかげで助かった、ありがとう」

こちらを窺う暁の視線に、深月の肩が震えた。お礼をされるとは夢にも思わなかったのだ。

「どうして、ですか。わたしのせいで、怪我をさせてしまったのに」

「それはこちらの落ち度だ。君のせいではないし、俺の怪我を治してくれた君に礼を伝えるのは当然だろう」

柔和な目がこちらを見ている。

助けてくれたときと同じように、彼は深月を咎めなかった。ただ、穏やかに諭すだけ。

「今回は極めて稀だが、夜中にひとりで外に出るのは控えてくれ。いざというとき、君を守るのが遅れてしまう」

「……っ、申し訳、ございませんでした」

深月は腰を折って深々と頭を下げた。もうこんな事態を起こさないように、けじめの意味も込めて謝罪をする。

深月の気持ちを受け入れた暁は、もうそのぐらいで大丈夫だと言うように深月の肩に触れた。

見上げて、いまさらだけど目を合わせづらくなってしまう。暁と稀血の関係性を聞いてしまったことが、尾を引いているのだ。

「それと、君には治癒の件でひとつ聞きたかったんだが」

「なんでしょうか……？」

気まずさは常にあったが、深月は内容を確かめる。

「君がしてくれたという治癒の方法を教えてくれないか」

「わたしがした、治癒の方法ですか……？」

「ああ」

うなずいた暁に、深月はしばし沈黙してから聞き返した。

「……不知火さんか、羽鳥さまからお聞きになったのでは？」

「そのあたりに関してはまだだ」

治癒の細かい詳細は本人の証言が一番確実だと考え、暁は深月に説明を求めた。

ふたりともあえて自分たちの口からは言わなかったのか、偶然なのかは定かではないけれど、言葉にしようとすると妙な気恥ずかしさを覚えた。

唾液を介して妖力を流し、治癒を促す。簡単にまとめると早いのだが、そこには深月の動作も加わるわけで……。

いま思うと、男の人の肌に口をつけるとは、なんて大胆な真似をしてしまったのだろう。

（それしか方法はなかったもの。考えている暇もなくて……）

そうわかってはいても、いざ口にしようとすると、耳のつけ根辺りが熱くなる。

だが、暁は報告を求めているだけにすぎない。遅れてやってきた自分の羞恥心などは無視してありのままを伝えるべきだ。

覚悟を決めた深月は、その澄んだ満月のような瞳を見返した。

「唾液をつけることが必要だと教えてもらいましたので、傷に口づけました」

「傷に口を……？」

深月の目線が暁の首もと辺りに注がれた。

ちょうどあの辺りだっただろうかと、自分の首もとに触れて暁に見せる。

「だいたいこのへんでした。しばらく触れていたら、するすると肌がもとに戻り始めて……暁さま？」

深月は説明を中断して暁に呼びかけた。先ほど自分の指で示した口づけ場所を、暁が自分の手で確認するように触れて固まってしまったからである。

「暁さま、大丈夫ですか……？」

体調が優れないのかと様子を窺っていると、暁は珍しく動揺を含んだ声で言った。

「こんなところに口づけて、問題なかったのか」

「は、はい。なにも」

「……そうか。そのような真似をさせてすまない」

長い溜めのあとで、暁はぽつりとつぶやく。ふいっとそらした横顔が新鮮で、つい魅入ってしまった。

（……暁さま、もしかして照れている？）

頬が朱に染まっているのはなにかの勘違いだろうか。

しかしずっと観察しても色味は引かずにそこにある。

（わ、わたしまで恥ずかしくなってきた）

あれは必要な過程だった。だけど肌に口づけるというのは、したほうもされたほうも恥ずかしさが伴うもので。

状況を伝えるただの報告だったはずが、面映ゆい空気になってしまった。

それから、妙な空気を払拭するように暁が話題を変えた。

「……三日間、非番になったんだ」

「あ、お休みをいただいたんですね」

傷は治ったが安静にさせるため不知火が休ませたという話をされる。

いきなりなにを言い始めるのかと思えば、暁が本題を口にした。

「街に、出かけないか」

「……街、ですか？」

「ああ、気分転換に。ここ数日、塞ぎがちになっていると聞いた」

暁からそんな発言が出るのが意外だったが、朋代から様子を聞いたのなら納得だ。

暁の負傷から久しぶりに日中を部屋で過ごしていた深月は、確かになにをするでもなく物思いにふけっていることが多くなっていた。

それを聞きつけ、暁はこんな提案をしてくれたのである。

律儀な人だ。こんときにも白分を花嫁候補として扱い、出かけようと提案してくれるのだから。

これもきっと彼の職務の一環なのだろうけど、彼の非番を使わせてしまっていいのだろうか。稀血との因果関係を知ったいまでは、遠慮のほかに負い目のようなものも感じてしまっていた。

「――だが、いまからでもかまわない」

「はい……」

「わかった。では、行こう」

「……はい？」

考え事をしているうちに、なにか話が進んでいたようだ。

無意識とは恐ろしい。まったく会話が耳に入っていなくても、しっかり深月は相槌を打っていた。

「この格好では目立つから、少し着替えてくる。朋代さんにもすぐに伝えよう」

深月が我に返ったときにはすでに暁は扉の前に移動し、取っ手を回しているところだった。


『散切り頭を叩いてみれば、文明開化の音がする』

これに便乗するように、もうひとつ似たような文言が帝都にはある。

『華の一族来たれりは、文明開化の礎《そ》を築く』

帝都は華族によっていっそうに栄華する、という華族を称える意味合いとして帝都人には馴染み深い。

そしてここ中央区画は、帝都の中でも一番に洋風建築が建ち並び、公共施設、銀行や企業が多く取り入れられている。政府、軍本部、華族の住居、夜会や社交界が頻繁に開かれる『華明館《かめいかん》』など、帝都の中心部として賑《にぎ》わっていた。

特命部隊本拠地を出てから中央区画までそれほど時間はかからず、深月は華やかな街並みを呆然と見つめていた。

庵楽堂がある東区画はいまだ旧時代的な名残りが深く、反対に中央区画は常に先端を走っている。そんな印象があった。

「そこ、気をつけろ」

ふいに肩を引き寄せられ、深月の体は隣を歩いていた暁の胸に吸い込まれる。同時に真横を人力車が駆け抜け、衝突を未然に防いでくれたのだと理解した。

肩を引かれたまま、深月は上を向く。

「申し訳ありません、暁、さま……」

「かまわない。人通りが多いから、あまりそばを離れないほうがいい」

「あ、は……はい」

想像以上に暁の顔が近く、声が上ずる。そのまま目が合うと、深月は不自然にそらしてしまった。

「……外へ連れ出してくださって、ありがとうございます。怪我が治ったばかりでしたのに」

「室内にいてばかりでは気も滅入るだろうし、君には世話になった。だから、なにか礼ができればと考えていた」

「お礼……？」

深月は瞳を見開いた。てっきり義務的に外へ連れ出してくれたのだと思っていたのだが、暁の口ぶりにはそれ以外も含まれていたのだ。

自分は稀血なのに。そう考えては、この気遣いが嬉しくもあった。

（冷たい人ではないことは、もう十分に知ったわ）

口調や態度は職務を貫く軍人そのものだけれど、彼はいつも真摯に接してくれていたのだ。そして近くにいるからこそ、本質は優しい人なのだとわかる。

（……こんなわたしに、ありがとうございます）

深月はそっと目を伏せ、暁の隣を歩いた。

なんだか新鮮な心地だ。それは隣を歩く暁が和装に身を包んでいるからだろうか。

軍服では目立つのでこの格好にしたのだというが、普段見慣れていないからか、ふとしたときに魅入ってしまう。

（……男の人を綺麗だと思うのは、暁さまが初めてだわ）

それから行き先は特に決めず、とりあえずふたりは大通りを散策する。

途中、暁は深月の姿を見下ろして聞いてきた。

「ところで、君はなぜそのような格好を？」

「え？　あの、外出中はいつもこうしていたので」

深月は屋敷を出たときから、手ぬぐいを頭に広げて吹き流しのように被っていた。

それが暁には奇妙に見えたらしい。

そして深月も尋ねられてから、あっと口を開けた。

（庵楽堂ではなるべく顔を見せずに出歩けと指示されていたから、つい手ぬぐいを借りてしまったわ）

麗子は深月が周囲に認知されることをかたくなに許さなかった。使いのときは必ず顔を隠すようにと命じられていたため、その癖が出たのだ。

「……以前、君は言っていたな。だらしない顔をさらしてしまったと。その言葉は庵楽堂で日頃から浴びせられていたんだろう？」

「そう、ですね」

あまり深月が思い出したくなさそうだったので暁も聞かずにいてくれていたが、だいたいは察しているようだ。

「あとは、なにを言われていた」

ここが街中で、人の気配が多くある場所で、屋敷よりは幾分気を張らずにいれる環境だからなのか、暁は直球で聞いてくる。

「……わたしの顔は、周囲を不快にさせると」

だが、すぐに発言を取り消したくなった。素直に話したところで相手にどれほど自分が惨めだったかを知られるだけだというのに。

要らぬ不遇話を口にしてしまったと深月が様子を窺えば、見下ろす暁の視線と交差した。

「君の顔を不快だと感じたことは一度もない」

歩みが止まり、じっくりと見据えられる。

もう半月以上一緒にいたというのに、改めてその顔を目にすれば鼓動が高鳴った。

「そもそも、人の顔の善し悪しを当人以外が決める行為自体、俺は好きじゃない」

それは軍人としてではなく、暁の本心なのだろう。

ここまでの道のりで多くの女性たちの視線を虜にするほど美貌に優れた人物だが、彼は気にした素振りを見せない。そういった意識が根底にあるからこそ出た言葉だったのだ。

「君を冷遇していたのは、庵楽堂のひとり娘だな」

「…………」

会話の流れでそうだと認めてしまいそうになるが、なんだか気が引けて途中で思い留まる。深月は開きかけた唇を結び、左右に小さく首を振ると、ふっと笑った。

「ありがとうございます、暁さま」

「なんの礼なんだ？」

「いえ、ただ……言いたくなってしまって」

麗子の目があるうちは、そのような考えを持てないでいた。

しかし、暁から『人の顔の善し悪し』を聞いたとき、確かにそうだと納得したのだ。

それがなんだか尊く、貴重な瞬間のように感じた。

「……そうか」

ほんのり声色が明るくなった深月に、暁はなにも言わず目を細める。

「ただ、やっぱり街の外ではずすのに慣れていないので、もう少しだけこのままでもかまいませんか？」

「ああ」

理解を示す暁に感謝しながら、深月はふと人通りに目をやった。

この辺りは庵楽堂の女中が使いで出向く通い路がある。大勢の中で遭遇することはないと思うが、念のため深月は被りを深くした。

「よってらっしゃいみてらっしゃい！」

「……あれは」

通りの端から聞こえた呼び込みに、深月は首をかしげた。

「大道芸と、隣は人形劇のようだな……せっかくだ、見ていこう」

「あ、ありがとうございます」

深月が興味深そうにしているのに気づいた暁は、見やすい位置まで連れてくる。

（わあ、すごい……）

玉や輪を巧みに操る見事な曲芸に圧倒され、隣の人形劇ではひとりで何役も演じている芸達者な傀儡師《くぐつし》を夢中になって楽しんだ。

やがてすべての芸が終了し、その場は拍手喝采に包まれる。

深月も同じように加わって手を叩き、横に立つ暁を見上げた。

「わたし、こういう芸を初めて見ました」

「楽しめたか？」

「はい……！」

いまだ興奮が冷めないまま深月は首を縦に振る。尋ねた暁の表情も柔らかく、自分と同じように彼も楽しんでいたのだろうと思った。

それから暁は、客足がまばらになる頃に投げ銭を木箱に入れる。

自分の分まで入れてもらい申し訳なくなるが、暁は穏やかな表情で「俺も十分楽しめた」と言い、少しだけ微笑んでいた。

その後、人の流れに沿うように歩いていると、ふと甘い香りがした。

（この匂い……）

なんだか懐かしいと感じていれば、突風が吹いて頭の手ぬぐいを容赦なく奪い取った。そのまま風に流され、手ぬぐいは反対側の店先まで飛んでいってしまう。

「ここで待っていろ」

「……あっ」

自分が動く隙も与えず、暁は素早く反応して人の間をすり抜けていった。せめてこの場を離れないように待機していようと、深月は背後にあった洋菓子店の置き看板の前でじっと佇んだ。

「深月っ!!」

そのとき、深月が歩いてきた通りの反対側の道から、発狂混じりの声が飛んできた。深月の体はびくりと跳ね上がり、慎重にそちらを確かめる。

先頭のおさげ髪の少女を含め、三人の娘たちが深月を睨むように立っていた。彼女たちは皆、庵楽堂の女中である。

「あ、の……」

深月が小さく反応すると、怒りに染めたおさげの女中が掴みかかってくる。

「やっぱりあんただったっ。こんなところでなにしてるわけ!?　あんたのせいで麗子さまがどれだけあたしたちにやつあたりしてくると思ってるのよ!!」

「も、申し――」

怒りを爆発させて詰め寄ってくるおさげの女中に、深月の癖が出そうになる。しかし、すべてを声に出す前にぐっとこらえた。

「あんたのせいでこっちはとばっちりよ!」

「そうよ、いますぐ麗子さまの前に連れていってやるわ!」

理不尽な言葉による謝罪を止めることはできたが、寄ってたかって深月を追求する女中たちに言葉を返す余裕まではなかった。

「俺の連れにどんな要件が?」

深月に長身の影が覆う。そして女中から深月を引き離すように、目の前には広い背中があった。

「ちょっと!　邪魔しないで……よ……」

おさげの女中の声が、その姿を目にして萎んでいった。

胡桃染の透きとおる髪が揺れ、隙間から見据えた冷ややかな瞳に、女中たちの動きが止まる。同時に美しい顔の男にじっと見つめられると、三人とも乙女のように頬を染めた。

「聞くに耐えない」

暁の無感情な声音が響く。まるで針で肌を刺される錯覚に陥るほど刺々しい。

うっとり見惚れていた女中たちも、自分たちに向けられた言葉だとわかったとたん顔を青くさせた。

「怠惰を棚に上げ、彼女に当たり散らすな」

「……なっ!!」

図星を指され今度は茹《ゆ》で蛸《だこ》のように真っ赤になる女中たちは、言い訳もできず暁に圧倒され、ばたばたと逃げるように去っていった。

「…………」

深月は女中たちの背を呆然としながら見ていた。無意識に握り込んだ両手はじっとりと汗をかき、それでいて氷のように冷え切っている。

「……深月」

しばらく続いた沈黙を、暁が静かに破る。

こちらを見ろと言わんばかりの声に目線を上げれば、暁は眉尻を下げていた。

「あれが、庵楽堂の同僚か」

こくりとうなずくと、暁の深いため息が聞こえてきた。

「お、お騒がせしてしまって、すみません」

どうしていつもこうなのだろう。せっかく暁が外出に誘ってくれたというのに、台無しにしてしまった。

「……こっちへ」

顔色がすぐれない深月の腕を引き、暁は目の前の洋菓子店に入った。

外の騒ぎは店内にも丸聞こえだったようで、ふたりが入店すると従業員は顔を引きつらせていた。

暁は「店先で騒いで申し訳ない」と謝意を入れると、店内に置かれた商品を購入し、入口横に立っていた深月を連れてふたたび店外に出る。

「君はこれを好きだったと言っていたな」

洋菓子店から離れたところで立ち止まった暁は、可愛らしい包装を深月に差し出す。

それはまさしくキャラメルだった。

「これ……」

深月が受け取ると、説き聞かせるように暁が口を開いた。

「すぐに意識のすべてが変えられるとは思っていない。だが、その都度に伝えるぐらいは俺にもできる。あのような理不尽に、君が憂う必要はないんだ」

いつも凛々しい声が、このときばかりは悲しげに揺れていた。

それがいたたまれなくて、沈んでいるだけの自分が恥ずかしくなる。

（……こんなことばかりじゃだめ）

キャラメルの包装を胸に抱き、深月は足の裏に力を込める。

これほど気遣ってくれる人を差し置いて、自分だけが鬱々としているのは申し訳ないし、とんでもなく失礼だ。

「ありがとうございます、暁さま」

彼女たちに反論はできなかったけれど、感謝の言葉は何度でも伝えられる。気持ちを切り替えた深月は、今日何度目かわからない『ありがとう』を言うのだった。

「これは少し汚れてしまったな」

暁は風に吹き飛ばされ拾いに行っていた手ぬぐいを深月に渡した。地面に落ちてしまったので、ところどころ薄汚れている。

「このぐらいでしたら」

汚れを気にして被りをやめるより、また知り合いに遭遇したときのほうが厄介だ。

そんな深月の心の機微を見透かすような暁の瞳が、ふと通りの店に向けられた。

店先に置かれた台には、不用心にも多くの簪《かんざし》や髪飾りが並んでいる。

「君には、無地の手ぬぐいよりも、こちらのほうが似合いそうだ」

暁の声とともに、耳の裏を冷たい感触がかすった。

しゃらん、と耳障りのいい音がして、深月は台の上にあった鏡を覗き込む。

「……え」

鏡に映る深月の髪には、真っ白な鈴蘭の花を模した簪が挿さっていた。

「治癒の礼に、これはどうだ？」

「だけど、簪は……」

「簪が、どうかしたのか？」

古い言い伝えに、簪は生涯添い遂げたいと思う女性に男性が贈るという風習があったらしい。女性間では有名な話なのだが、暁は知らないのだろうか。

いくら花嫁候補とはいえ、簪をいただくのはどうなのだろう。

あくまでも表向きの立場で、正式に彼の隣に並ぶ女性も出てくるはず。だとすれば、問題を避けるためにも簪をもらうのは遠慮したい……と、上っ面の理由を考えてみるが、なんだか胸に大きなものが引っかかっている。

「暁さまは、いつか本当の花嫁さまを迎えるつもりはないのですか？」

深月の問いに、暁の目が震えた。

「いない、誰も。それ以前に、俺には覚悟がないんだ」

特別な人を作る覚悟が。

言葉にこそしないが、暁の表情はそう告げているようだった。

深月の問いに『なぜそんな質問を？』と言いたげにした暁は、ふと影を落として静かに切り替えた。

「……無駄な話をした。気にしないでくれ。それより中に入ろう、その簪は君によく似合っている」

　鈴蘭の簪がそっと髪から抜かれ、暁は何事もなかったように店の中へ入っていく。形容しがたい感情が胸に広がっていく感覚に、深月は思わず足を止めてしまった。

「僕は、こっちのほうが似合うと思うけどなぁ」

　そのとき、すぐ横で軽快な声が聞こえた。なにか甘い香りが鼻をかすめる。

　深月の横には、いつの間にか樺茶色《かばちゃいろ》の背広をまとう二十代半ばほどの青年が立っていた。

　中折れ帽子の下から覗いた蒼色《そうしょく》の瞳が深月を見捉えると、にっこり笑みを浮かべる。

「君って肌が白いし、目鼻立ちもいい。大きな一輪花のほうが魅力的じゃない？」

　そう言って青年が手にしたのは、真っ赤な色をした花の髪飾りだった。

「知ってる？　これはね、薔薇《ばら》という名前の花。ふふ、君にぴったりだ」

　謎の青年は、暁が挿したところと同じ箇所に髪飾りを添える。

「ほら、似合っているね」

　帽子で陰る青年の顔は、ひどく青白い。絵画の中から出てきたように美しく繊細な顔立ちは、まるでそこに実在するのかを疑いたくなる違和感があった。

「どなた、ですか」

距離を縮める青年から一歩退いた深月は、警戒をあらわにする。

「僕はただの通りすがりの、そのへんにいる一般人だよ」

なんとも胡散臭い発言だ。それが顔に出ていたのか、蒼眼の青年はくすくすと笑みをこぼす。

「会えてよかったよ。君は、唯一の光だから。またね、深月」

「どうしてわたしの名前をっ――」

深月の言葉を遮るように、陣風が吹き荒れる。

視界が奪われ、風がやむ頃には、青年の姿は忽然《こつぜん》と消えていた。

(いったい、なんだったの……?)

そうして呆気《あっけ》に取られた深月のもとに、暁が素早い足取りで戻ってくる。

「誰か、ここにいなかったか」

妙な気配を感じ取ったという暁に、深月は謎の青年のことを告げ、外出はおかしな空気のまま終了となった。

屋敷に戻った深月は鈴蘭の簪を渡され、そのあと暁は急用ができたからと忙しなく部屋を出ていった。気分転換にはなったものの、深月は最後に現れた青年が気がかりで仕方がなかった。

どこか浮世離れした存在の青年は、なぜ自分の名前を知っていたのだろう。

よくわからない事態は、立て続けに起こるものだ。

「わ、わたしには不相応な場所です……っ」

深月が夜会への出席を聞かされたのは、暁と中央区画に出かけた日から数日が過ぎた頃だった。

しかし、告げた暁本人も納得がいっていない様子で、深月は決して彼の意向ではないのだと悟った。

「実は、君をある人物に会わせろという指令があった」

（指令……？）

仰々しい単語に、深月は聞き返した。

「……ひとつ、お聞かせください。それは、誰のご指示なのですか」

部隊長である暁を御せる人間など限られてくる。

神妙な面持ちで視線を伏せた暁は、いままでにないくらい不安定な声音でつぶやいた。

「帝国軍参謀総長。俺の養父だ」

こうして深月は、意図が掴めないまま夜会へ参加することになった。

開催場所である華明館には馬車で向かい、正装服を着こなした暁も同乗していた。

彼の装いは、真夜中の色のような漆黒に近い暗青《あんせい》の上着と中着、共地の下穿《したば》き。同色の拝絹《はいけん》はなめらかな光沢があり、胸もとを飾る留め具や落ち着いた黒無地の靴など、全体的に品がありよく似合っていた。

整髪料が塗られた胡桃染の髪は、額から横にふわりと流されている。毛流れの些細な変化だというのに、それだけで特別感が増し、美丈夫に拍車がかかっていた。

（……本当に夜会へ行くだなんて）

暁の言葉が嘘だとは思わなかったが、正直いまも信じられない。

肌にまとわりつく薄藍色の洋装《ドレス》に息が詰まる。髪も化粧も『腕によりをかければ！』と張り切った朋代に整えられ、格好だけでいえば深月は西洋人となんら変わりなかった。

暁の養父――参謀総長は、いったい深月を誰に会わせたがっているのだろう。

まったく検討がつかない。

「……すまない」

小刻みに揺れる馬車の中、謝罪を述べた暁を凝視する。

「なぜ、暁さまが謝るのですか？」

夜会への出席が暁の意向ではないとわかっている。そしてうまく隠してはいるが、深月と同様に戸惑っているのは彼も同じだった。

参謀総長に不信感を持っていたとしても、暁にそれを向けるのはお門違いだ。

「君が部隊に身を置いてひと月近くになる。禾月の衝動もなく、人間性も鑑みて近いうちに軍から解放できる道もあると踏んではいたんだが」

（わたしはあなたの仇と同じ稀血なのに、そんなことを考えてくれていたの……？）

暁の思いを知り、深月の目がみるみると見開かれる。

危険性がなくても、治癒が扱えて、稀血の手がかりとなる深月を軍が手放すと考えるだろうか。

やはり彼は、最初から無慈悲な人間ではなかった。

だからこそ、心地のよさを感じてしまう。そして解放された自分を想像して、嬉しさよりも暁と離れることに一抹の寂しさが募っている。

（……わたし、いつの間にか暁さまをこんなにも信頼していたのね）

くすぶっていた感情の正体をようやく察した深月だが、それでもまだ腑に落ちない部分がある。それがまだ深月にはわからなかった。

「これまで暁さまは十分なほど誠実に接してくださいました。契約や花嫁候補だと聞いて、初めはもっと牢獄のような生活を想像していたので、とても感謝しているんです」

奉公の末に沈んでいた自分の感情について気づきを与えてくれたのも、彼である。だからきっとこの契約は、無駄ではなかった。

「君は……」

そうして浮かべた深月の表情に、暁は魅入ったように瞳を揺らした。

馬車が華明館に到着し、暁が差し出した手に自分の手を乗せ、深月は不慣れな動きで降りる。スカートの裾をたくし上げた瞬間、ふわりと花が咲くようにフリルが揺れた。

「…………」

「どうした?」

暁はふいに無言になった深月に尋ねる。

「いえ……こんなに綺麗な洋装なので、わたしで釣り合いがとれているのかが心配で」

この美しいドレスを含め、誰が見ても惚《ほう》けるほどの夜会仕様となった暁に引け目を感じてしまう。彼の隣に立っても恥をかかせないでいられるだろうか。

朋代の準備は完璧だと思っているので、要するに深月の自信の問題だった。

「本当に、自覚がないのか……?」

自分のドレス姿を見下ろす深月に、暁は驚き入る。そして、掌に乗せた深月の手を引き、「君は綺麗だ」と短く答えた。

一拍遅れて心臓が大きく鳴り、深月はどぎまぎしながら歩みを進める。

ふと夜空から射し込む月の光に、動きを止めた。

(今夜は、満月なのね)

満月になると、悪鬼や自我の弱い禾月が理性を失いやすくなる。暁に負傷を負わせた禾月は、偃月であってもあの調子だった。

それ以上の光が今夜は地上に降り注ぐ。ゆえに、胸騒ぎがするのだろうか。

「……大丈夫か？」

「はい」

我に返った深月は、暁とともに華明館の扉をくぐる。

(緊張、しているみたい。当たり前よね、まさかわたしがこんな場所に来るなんて)

きっとそのせいだ。無性に喉が渇いて、仕方がないのは。

目の前に広がる絢爛《けんらん》豪華《ごうか》な光景に、深月は圧倒されていた。

天井に吊るされた大きなシャンデリア、音色を奏でる楽器隊、洗礼された身のこなしの給仕に、輝く銀色のカトラリー。

煌《きら》びやかな正装に袖を通す招待客らは、楽しげな様子で社交ダンスに興じている。

「あら、あちらは……朱凰暁さまでは？」

「あの若さで特命部隊隊長を務めるお方だわ」

「噂《うわさ》は耳にしていましたが、なんて麗しいお姿なの……」

「ところで、隣にいらっしゃる素敵な女性はどこの名家のご令嬢かしら」

大広間に足を踏み入れた深月と暁は、一斉に好奇の視線にさらされた。

暁の姿に頬を染める淑女がいる一方で、誰もが深月の存在を気にしている。

「……そういうことか」

大広間に入った瞬間、横に立つ暁の顔色が険しいものに変化した。とたんに腰を引き寄せられ、互いの息づかいがわかるほどに体が密着する。

「この夜会は、半数以上が禾月だ」

断言する暁に耳を疑った。

普通の人間と変わらない姿をしている参加者。深月には見分けがつかない。有名な実業家や貿易商、由緒正しい旧華族や、新進気鋭の新華族など。顔ぶれはさまざまだった。

「禾月が、ここまで集うというのは……そうか、主催は——」

確か、主催者は不明と聞いていた。けれど暁は誰なのかを突き止めたらしく、周囲をくまなく警戒している。

「ここは禾月が多い。少し移動しよう」

一度、人が多い大広間から距離を取り、深月は赤々とした仕切りカーテンが吊るされた窓際のほうに近づいた。

「暁さま、ここの主催者がわかったのですか？」

「ああ、おそらくは――」

「深、月？」

暁がその名を言おうとしたところで、背後の丸テーブルに立って雑談していた女性が話しかけてきた。

振り返ると、豪奢な洋装を身にまとう麗子がそこにいた。

「どうして深月がここに……!?」

「麗子さん、こちらのお嬢さまはお知り合いですか？」

「え、ああ……」

敵意の炎を瞳に燃やしていた麗子だが、男性陣と談笑していたため、猫を被ったような微笑を作っていた。

「うちの女中でしたの。噂では縁談が白紙になって身を売ったと聞いていたのですけど」

麗子は扇子で顔半分を覆いながらころころと笑う。

深月の姿に気を取られていた男たちだが、その説明を聞くとまなざしがほんのり下賤なものに変わる。

「身売りとはかわいそうに」

「そのような方も華明館の敷居をまたげるとは驚きです」

「いやはや、それにしても身を売った女性を夜会のパートナーにする奇特な方と、ぜひお会いしたいものですね」

男たちの言葉の端々から嘲弄する意思が感じられる。

麗子と彼らの興味が、深月の後ろに向けられた。

どうやら仕切りカーテンが垂れていたせいで、誰も暁の顔を確認できていなかったらしい。こつこつと革靴の音を響かせながら、暁はカーテンの影から出てくる。

「誰のパートナーが、身を売った女性だと？」

麗子はその圧倒的な佇まいにごくりと息を呑む。

とたんに男たちの反応ががらりと変わった。

「え……朱凰暁さま……？」

「わたしをご存知でしたか」

暁はよそ行きの対応をしながら男たちを順に確認する。

「す、朱凰家……参謀総長のご子息です、よね？」

「ええ。もしや、軍関係者でしたか。よければお名前を」

暁が唇に薄い笑みをたたえると、男性陣の顔がいっせいに引きつった。

「あはは、そ、そんな畏れ多いです！　麗子さん、僕は急用を思い出したのでこれで」

「わたしも！」

「僕もです！」

暁の指摘は図星だったようだ。男たちは蜘蛛《くも》の子を散らすようその場からいなくなり、ぽかんと口を開けた麗子だけが残った。

けれどすぐに猫撫で声で暁に近づき、どんと深月の肩を押しのける。

「朱凰暁さま……お噂はかねがね。特命部隊隊長として帝都の治安維持に貢献する素晴らしい人だと。それなのに、なぜあなたのような方がこの下劣な子と一緒にいるんですか？　知っていますか、この子はうちの父が借金の肩代わりをしたにもかかわらず、父が用意した縁談を白紙にさせ実家に泥を塗った、恩を仇で返すような子なんですよ」

麗子は嬉々として深月を貶《おとし》める言葉を並べる。

「……不愉快極まりないな」

そんな戯言《ざれごと》に暁が相手をするわけもなく、彼は深月の肩を引き寄せた。

「俺の花嫁を侮辱することは許さない」

「暁さま……」

驚愕した深月の消え入りそうな声がその場に溶けて消えていく。

胸が震え、全身が痺《しび》れるような心地がした。顔を険しくゆがめた暁からは、物静かな振る舞いの中に確かな怒りが感じられる。

「……、……は、なに？　ええ？　はな、よめ？」

あまりの仰天に声が出せない麗子を置き去りにし、暁は深月をこの場から連れ出した。

「すまない、候補だった。言い忘れた」

放心したように彼を見つめる深月に、暁は気まずそうにした。照れ隠しなのか、肩を抱いて歩みを進める深月の顔をかたくなに見ない。

「君がうつむく必要はないからな」

麗子に心ない言葉を浴びせられ、また落ち込んでいると心配してくれたのだろうか。暁は自分の大胆発言に動揺している。だからきっと、気づいていないのだろう。うつむいてなんかいない、深月は彼を見上げているのだから。

（わたしは、何度この優しい手に救われたんだろう）

肩に伝わるぬくもりを感じながら、深月は密かに思うのだった。

ふたりは大広間のほうへ戻ってきた。

麗子のそばにいるよりはいいが、ワルツを嗜《たしな》む男女によって広間は先ほどよりも人口密度が高くなっている。

（……っ、どうしてこんなときに、動悸《どうき》が）

華明館の扉をくぐったときよりもあきらかに強くなっていく渇求。心音も激しく刻まれていく。全身を脈打つ感覚が気持ち悪かった。

麗子を前にした緊張感が遅れて出てしまったのだろうか。

それでも周囲に醜態は見せられないと、深月は気取られずに背筋を伸ばして優雅に佇んだ。

異変が起こったのは、弦楽器の音が消える刹那のこと。

「きゃあああ！」

前触れもなく大広間の照明がすべて落ち、辺りは暗闇に包まれた。

突然の事態に騒ぎはどんどん大きくなり、入口めがけて人が押し寄せていく。

その波に揉まれて深月はよろけてしまうが、力強く暁が腕を掴んでくれた。

「俺はここにいる」

「はい」

安心したときだった。

「おいで、君を待っていたんだよ」

そのささやきは、深月に向けられる。

どこかで聞いた青年の声だった。

「暁さっ――」

「強引で申し訳ないけど、僕と一緒に来てくれる？」

最悪の状況が背後に迫っていると予感したとき、深月の首裏に冷たい手が下ろされる。

自分の意思に反して体の力が抜けていくのを感じながら、深月の瞳は重く閉じられていった。

五章

見知らぬ一室。暗がりの中、石油ランプの灯火が揺れている。

深月は柔らかなソファに深く体を沈めており、こちらを覗く影に気づいて意識を取り戻した。

「ああ、起きたんだね、深月」

「あなた、は……」

そこにいたのは、街中で出くわした蒼眼の青年だった。以前のように帽子は被っておらず、艶やかな白銀の髪が彼の動きに合わせて揺れている。

「手荒な真似をしてごめんね。ああでもしないと暁くんから君を離すのは難しかったから」

「誰、ですか……どうして、わたしを……」

深月はかすかに痛む首裏に手をやりながら尋ね、相手は柔らかく笑んで答えた。

「僕は、白夜乃蒼《びゃくやのあお》。禾月の現首領だよ」

「禾月の首領……あなたが？」

「ふふ、そうだ。君をここに連れてきたのは、ある人から頼まれたというのもあるけど、僕自身が興味あってね。稀血である、君に」

獲物を捕獲する獣の如く見据えた瞳が、うっすらと淡い輝きをまとう。

金縛りのように手足の自由がきかなくなった深月は、されるがまま乃蒼に下あごをすくわれた。

「稀血というのはね、無限の可能性を秘めているんだ。通常の禾月以上の潜在能力を持ち、人間も禾月も屈服させ支配できる。禾月寄りの肉体かと思えば、流れる血は人間とは比べ物にならないほど芳しく、甘美」

けれど、と一拍置き、乃蒼は続ける。

「稀血の生存は、本来不可能とされていた。たとえ生まれてきても寿命は短く、生まれてすぐに息絶えてしまう。なぜだと思う？」

「…………」

深月の体がさらにこわばっていく。

寿命が短いというのも、生きるのが困難だというのも、初めて耳にする事実ばかりだったからだ。

「それはね、お互いの本能が邪魔をし合うからだよ。人間の本能、禾月の本能。体内で衝突し合い、本能が混じり合う際には暴走を起こしてしまう。そして、周囲を巻き込みながら死に至る」

それが稀血だ、とはっきりと告げられ、深月は恐ろしくなった。

「……あの人も親なんだね。息子にその役目を与えていたのに、やっぱり心配だったんだ。それで僕に回ってきた」

乃蒼は「うーん」と小首をひねり、そして深月をここに連れてきた本来の目的を明かした。

「なんの話、ですか」

脈略のない発言に不安がよぎる。


「いまから君に血を飲ませる。覚醒したとき暴走を起こせば、君には死んでもらわないといけない」

「えっ!?」

とんでもない発言を軽い調子で言われ、深月は短く声をあげた。

「今夜は満月。一番血が昂揚する日だ。ねえ、君も感じていたんじゃない？　喉が干上がる感覚、どこからか流れ込んでくる蜜のように甘い香りを」

「ど、どうしてそれを」

「その反応を見れば十分だ。簡単な話、それが禾月の本能だからだよ」

以降は言葉にする暇もなかった。

乃蒼は背広の胸ポケットから赤い液体が入る小瓶を取り出す。ふたを開け、目にも留まらぬ早さで深月の口に流し込んだ。

「……ん、う……あっ、ああ……！」

喉を潤す不思議な蜜。体温は沸騰するように熱くなり、頭のてっぺんから足の爪先まで、まさぐられるような感覚が貫いた。

「やだっ、なに、これ……嫌ああっ!!」

拒絶の叫びがこだまする。

深月は、自分の意思ではない別のなにかに支配されていった。

＊＊＊

いなくなった深月を捜すべく、暁は華明館の廊下を奔走していた。

(なにをやっていたんだ俺は)

一瞬の出来事だった。暗闇の中で不意を突かれ、深月の腕から手を離してしまった。

深月は何者かによって連れ去られ、残された暁はわずかな気配をたどって館の中を捜索していたのである。

そして三階に移動したとき。

一番奥の部屋から感じる妖力に暁は眉をひそめた。

(あの部屋か)

この気配には覚えがある。狂人化し暴走した禾月と対峙《たいじ》したときの空気感と似ているのだ。

しかし、これは桁違いである。

「失礼する！」

扉を開けた暁は言葉を失った。

室内にはふたり。ひとりは扉側に立ち、ひとりは窓際でうずくまっている。

月明かりに照らされ呻吟《しんぎん》する者が深月だと気づき、暁はすぐさま駆け寄ろうと動く。

だが、青年によって制止された。

「人間の君が近づけばひとたまりもない。周りを見てみなよ、これはあの子が一瞬でやったことだ」

青年の言葉に目を配る。

壁際には家具や調度品が散乱しており、台風でも通ったようなありさまである。

「……白夜家当主。街で彼女に接触したのも貴殿だな」

「君のお父上に頼まれてね、暁くん。この小瓶、心あたりあるよね？」

白夜家当主、現禾月の首領である乃蒼は、空になった小瓶を掲げた。

「……！」

それは深月を特命部隊に置くと決めた際に、本部の参謀総長から届いていたものと同じだった。

血を飲ませれば無理やりにでも覚醒を促せるかもしれないというのは、最初からわかっていた。

しかしそれは強制的に自我を手放す行為であり、小瓶を使う日があるなら深月に見切りをつけたとき、またはいつまで経っても有益な情報を得られなかったときだと考えていた。

深月は治癒の力を発揮してみせた。それは軍にとって有益な情報になり得るだろう。それに彼女は、稀血という未知の存在である自分に困惑していた。暁の大切な者たちを奪った殺戮者《さつりくしゃ》とは真逆の、悲しいくらいに自分の意思を封じられた人間だった。

禾月の特性も出ず、暴走や昂揚といった覚醒、狂人化する予兆もなかった。

だから、暁は渡された小瓶を使えずにいた。使う気もなかった。

その結果が、これである。

参謀総長――養父は、血を飲ませることで無理やり本能を引き出し、暴走する可能性がある深月の対処を禾月の首領に委ねたのだ。

「小瓶の血をすべて飲ませたんだな」

「ああ。そうしたらすぐに暴走してね。もともと無自覚だったけど求血衝動もあったようだし、これは手がつけられ――」

「退け」

暁は乃蒼の横をすり抜け、深月のそばへ向かう。

「いやいや、なにしてるの。その子は暴走しているんだよ。普通の禾月が狂人化するのとはわけが違う。ああなったら、もう正気には——」

「誰が暴走しているだと？」

暁は振り返り、乃蒼を一瞥した。

「暴走しているというなら、すでに俺は襲いかかられていてもおかしくない」

そう言った暁は、ゆっくりと深月に近づいていく。

「彼女はいままさに、両者の狭間でもがいている。身を削って理性を保とうとしている。必死に抗っているんだ」

覚醒の影響だろうか。灰色に近い黒髪は星の粒を取り込んだように煌めき、鈍色の瞳が青紫に変わって淡く発光している。

その姿は狂おしくも、寒さに耐え抜く花のような儚い美しさがあった。

「あ、うう……あああっ」

肩を上下にしながら呼吸を繰り返し、床に爪を立てるさまは、怯えた猫のようにも見える。

「深月」

その名を呼ぶ。自我を失いかけた瞳に、わずかな反応が浮かんだ。

＊＊＊

ひどく優しげな声だった。

深月は沈みいっていた沼の底から這い上がるように、意識を浮上させる。

（……わたしを、呼んでいる）

体が焼けるように熱い。

ぼんやりとした視界の先には、暁の姿があった。彼は片膝をつき、懸命に深月を呼びかけている。

応えたいのに体の自由がきかない。四肢がずたずたに引き裂かれるような激痛が繰り返し襲い、そこから逃れたくて深月は甘い芳香にすがろうとする。

（だめ、だめっ……！）

深月はすんでのところで抑える。このますがってしまえば、なにかが壊れる気がした。ゆえに奥歯を食いしばり、懸命に耐え続ける。

そんな深月の耳に届くのは、暁の言葉だった。

「深月、君はどうしたい」

（どう……したい？）

「この先、なにになりたい」

（なに、に……？）

「なにを強く願いたい」

（願う？）

「ほかの誰でもない。選ぶんだ、君が」

これまで奪取され続けていた人生の選択。暁はまさにいま、深月にだけ取れる選択肢を委ねていた。

そのとき、深月が着用するドレスの胸もとから、鈴蘭の簪がぽろりと落ちる。

密かに御守りとして持ってきていたもの。そして養父の組紐も手首で輝いている。

大切なものが増えた。これらは深月の、手放したくない繋がりだ。

（わたし……）

しゃらん、と視界の端に簪が映れば、遠のいていた自我が徐々に戻っていく。

（わたし、は……）

自分にはなにもないと思っていた。人生を選べる権利はなく、いつの間にか麗子や大旦那に従うだけの日々だった。

深月は、いつも考えていた。

なにもない自分が、特別な〝なにか〟になる日は来るのだろうか。未来の指針もなく無気力な自分が、生きたいと思える〝なにか〟に出逢える日は来るのだろうか、と。

（違う。決めるのは、わたしだ）

受け身になるのではなく、それらを選ぶのは深月だ。

忘れかけていた人生の重要な岐路と、意思の選択。それを思い出させてくれたのは、暁と過ごした短くとも穏やかな時間だった。

（わたしは、ほかの誰でもない、わたしになりたい）

人間、禾月、稀血。

そんな言葉でくくるのではなく、わたしは、ただわたしでいたい。そして、あわよくば……。

「わたしは、あなたの特別になりたい」

彼を信頼している。そう思った自分の心に嘘はなかった。

けれど、それだけではなかったのだ。

恋なのか、憧れなのか。初めての感情ばかりで強く断言はできないけれど。

気づけば、惹かれていた、焦がれていた。

いつだって自分を貫く、いままで出逢ったことがない、彼に。

「……暁、さま」

ぼやけていた視界の先で、今度こそはっきりとその顔が映る。

澄み渡る淡黄の瞳、まっすぐなまなざし。彼の気配を身近に感じて、深月はほっとしながらまぶたを下ろした。

＊＊＊

「……深月？」

声をあげて気持ちを打ち明けた深月は、暁と目が合ったとたん糸が切れたように前に倒れ込んだ。

抱きとめた暁はそっと背中に手を回し、深月の上体を仰向けにして様子を確かめる。

暴走の影響による疲労が一気に出たのか、深月は気を失っていた。

手にはしっかりと鈴蘭の簪を握りしめ、眠るように規則的な呼吸を繰り返す様子に、ひとまず心配はいらなそうだと安堵する。

「よく、戻ってきたな」

ささやくように言った暁は、涙に濡《ぬ》れた深月の目もとを優しく拭う。

気を失う前に放ったあの言葉は、確実に本人のものだった。

深月は自分の心のままに、強い意思によって正気を取り戻せたのである。

「まさか、君の声だけでおさまったっていうのかい……？」

事の顛末《てんまつ》を見守っていた乃蒼は瞠目してつぶやいた。

稀血の暴走……しかも生まれて初めてあれだけの血を摂取したなら、拒絶反応や衝動も凄まじいはずなのに重傷者を出さず済んでしまった。

「白夜家当主、今日のところはこれで失礼する」

深月を抱きかかえた暁は、乃蒼を一瞥して静かに告げた。

「禾月も肝を冷やす鬼の軍人さんが、責務とはいえ随分その子を大切にしているんだね。いや、さっきの言葉を借りるなら、特別なのかな？」

まるで壊れ物にでも触れるように恭しく深月を運んでいる暁の様子に、意外そうな面持ちで乃蒼が言った。

その問いに暁が答えることはなかったが、去り際にもう一度深月をしっかり抱え直した。

＊＊＊

華明館での一夜から七日が経過し、深月は自分の出生について諜報部隊の報告書をもとに暁から順序立てて聞かされた。

【諜報部隊による『稀血』の追加調査結果。

出生地は帝都南西の廃村。

母親を禾月、父親を人間に持つ〝白夜深月〟は、禾月本家である白夜家の内乱に巻き込まれ、十九年前に消息を絶つ。

養父は元帝国軍諜報部隊所属の東貴一《あずまたかかず》。

東は名を貴一《きいち》と改めたのち、白夜深月に生活援助をおこなっていた。また白夜深月の両親とは旧知の仲で、帝国軍を辞職後に幼児期の白夜深月を引き取ったものと推測される。

禾月現首領、白夜乃蒼と白夜深月は従兄妹《いとこ》関係にある。白夜乃蒼の華明館一件への加担は、暴走時の処理を目的としたものではなく、救済であった。

稀血による暴走は一度自我を失えば正気に戻すことは不可能とされていたが、白夜深月は例外である。

一名の軽傷者が出たものの、現在は極めて平静。白夜家の血筋であることを考慮し、要監視対象から特命部隊預かりとし、引き続き身柄の保護を継続する。

また、奉公先であった庵楽堂店主の借金肩代わりの件だが――】

(まさか、借金の肩代わりが嘘だったなんて……)

大旦那は深月に、養父の借金を肩代わりしたのは自分だと主張していた。しかしそれはすべて虚偽であり、実際のところは、庵楽堂が抱えていた負債を養父が私財を用いて援助していたという。

ふたりの関係性はいまのところ不明な点が多いが、お人好しである貴一の温情につけ込み、本来深月にあてていた私財も窃取したとされている。

養父である貴一の死の原因は、狂人化した禾月により重傷を負ったものと考えられ、いまのところ諜報時代の恨みを買った可能性が高いという。

信じられないような事実ばかりだが、両親について知れたのは思いがけない幸運だった。

「大変だったね。僕が早くに見つけていたら、深月に苦労を強いることもなかったのに」

特命部隊本拠地。別邸の執務室には、深月と暁、そしてなぜか乃蒼がいる。

「白夜さんは、わたしの従兄なんですよね？」

「そうだよ。白夜さんだなんて他人行儀だな。一応、血筋でいえば君も白夜の者なんだから、気軽に乃蒼って呼んでよ」

母親が白夜家の者だと知ったばかりで、さすがの深月もすぐには順応できない。乃蒼が従兄妹だとしても、気軽に呼ぶのは抵抗があった。

「それで、あなたはどんな要件があってここまで来たんだ」

深月の隣に座る仏頂面の暁が、乃蒼をじっと見る。

「嫌だな、暁くん。僕は深月の様子が気になっただけで、決して喧嘩を売りに来たわけじゃないんだ。だから、その野良《のら》禾月に向けるような目はやめておくれよ」

禾月は、二種類に分かれるのだという。白夜家に服従する禾月と、そうではない野良禾月。特命部隊が日々討伐しているのは、この野良禾月であり、乃蒼はそいつらと一緒にされるのは心外だと抗議した。

「僕だってね、困っているんだよ。従属外の禾月が好き勝手に人間を襲うたび、立場は悪くなる一方でさ」

白夜家の支配下にない禾月が暴走すれば特命部隊が討伐し、それは禾月首領により容認されている。

聞けば聞くほどなんともおかしな関係性だが、それにより今もふたつの種族は均衡を保ち帝都にて共存ができているのだ。

「まあ、だから……稀血である深月が持つ支配力は、僕らにとっても唯一の光だと考えていたわけだけど。覚醒はしても、能力は治癒しか発現していないようだし、ひとまずそれに頼るのはやめるとするよ」

乃蒼の目的は、血によって覚醒し暴走した深月を表向きは屠《ほふ》ったようにごまかして、白夜家に連れ帰ることだった。

しかし暁が言葉だけで深月を正気に戻したため、いまもこうして特命部隊の本拠地に身を置く状況が続いていた。

深月が暴走時に暁の声を聞けたのも、彼と過ごした時間と信頼によって成り立ったものであり、彼がそばにいたからこそうまく自我を取り戻し、深月は自分を律することに成功した。意思ある選択をとれたのだった。

「暁くんのお父上に睨まれるのも厄介だからね、しばらく深月は特命部隊でお願いするけど……深月、なにかあればすぐに連絡をおくれ。そのときは禾月首領の名を行使して、君を正式に白夜家に迎え入れるから」

飄々《ひょうひょう》とした口調で掴みどころがない印象の乃蒼だが、その目は真剣に深月を見捉える。このときばかりは禾月の首領としての威厳と器が垣間見えたような気がした。

「……乃蒼さん、ありがとうございます」

乃蒼の言葉は、あくまでも自分を尊重してくれているのが伝わってくる。白夜家に行くという考えはないけれど、その気持ちが嬉しくて深月は素直に感謝を述べた。

ほどなくして、乃蒼は「また来るよ」と言い残し、中折れ帽子を深く被って邸を去っていった。

稀血と違って、通常の禾月は陽の光に弱い。それは禾月の始祖であり、闇夜を生きるあやかしの性質が色濃く反映されているせいだというが、にもかかわらず深月に会いに来てくれた。彼もまた、深月を案じるひとりなのだろう。

乃蒼が帰ったあと、深月は暁と一緒に東区画の庵楽堂を訪ねた。

店の前は人だかりができており、そのほとんどが野次馬だった。

深月が庵楽堂にきた理由。それはこれから取り潰しになるという話を聞きつけ、家屋の物置小屋に置いていた数少ない深月の私物を取りに来たからである。

突然の話に深月も驚いたが、庵楽堂は大旦那のこれまでの違法な金策や詐欺行為が明るみになり、権利と名誉、土地のすべても没収されることになったのだ。

店の裏手から家屋を繋ぐ表門をくぐると、ほとんど人の気配はなく静まり返っていた。

大旦那と女将は違法賭博の件で事情聴取のため警吏に連行されたと聞いていたので、人がいなくてもあまり驚きはしなかった。

物置小屋に向かっていれば、少しくたびれた顔をした麗子と、それに付き添う女中たちと鉢合わせた。

「深月、あんた……!! ……暁さま！」

深月を鋭い目つきで射抜いた麗子は、すぐに向きを変え、隣に立つ暁に駆け寄っていった。

「暁さま！ この女もそう呼んでいたでしょう？」

暁は馴れ馴れしく触れてこようとする麗子を一瞥すると、わかりやすく顔をしかめた。

「あたしは女学校も出ています。深月なんかより社交性はありますし、茶道、華道、舞に琴も嗜みました」

「……なんの話だ？」

「この女よりもあなたの花嫁にふさわしいのは、あたしだと申し上げているんです！」

そういえば、暁は夜会のとき深月を『俺の花嫁』と断言していた。

たんに『候補』を言い忘れていただけなのだが、こうしてふたり並んだ姿をふたたび目にして、真実だと勘違いしたようだ。

「深月よりも軍人の妻として、華族の伴侶として振る舞える自信があります！　なによりもあたしのほうが美しくて、そばに置くなら絶対に――」

「少しは静かにできないのか」

とうとう我慢ならなくなった暁は、言葉を遮り射殺すようなまなざしで麗子を見下ろした。その苛立った感情が向けられていない深月も底冷えするような威圧感に、麗子とそばにいた女中が「ひっ」と短い悲鳴をあげる。

「どれだけ愚行をさらしてうぬぼれようが、傲ろうが、勝手にすればいい。おまえの言葉などひとつも耳には残らない。心底どうでもいい。だが」

一歩前に動いた暁は、腹の底から響かせた声で、静かに告げた。

「彼女の侮辱をひとつでもこの先口にしてみろ、そのときは——」

暁は腰に携えた童天丸に触れ、なにかをした。

なにかをした、と曖昧になってしまったのは、彼が童天丸に触れた瞬間にかすかな妖力を感じ、麗子や女中らが揃って腰を抜かし怯えたからだ。

深月にはぼんやりとしか見えなかったけれど、おそらく暁は軽い幻覚を生み出して脅かしたのだろう。そうとは知らない麗子や女中たちは、彼を見上げたまま立ち上がれなくなっていた。

そんな麗子の前に佇んだ深月は、冷静な面持ちで告げた。

「……長年置いてくださって心から感謝しています。どうかお元気で。さようなら、麗子さん」

一ノ宮家の別邸では、堂々と別れを告げられなかった。だけどもう、深月が恐れることはない。

深月の中にあった安楽堂での日々や思いは、すでに昇華されていたのだった。

「暁さま。付き添い、ありがとうございました」

「かまわない。それより、あの場所で寝起きしていたとは……」

特命部隊本部に戻ってきた深月と暁は、執務室でひと息つく。

暁は深月が使っていた物置小屋のボロさに驚愕しており、帰ってきても余韻が抜けないのか悔しそうな表情をしていた。

「雨風はしのげていたので……」

「隙間は多いし雨漏りしていただろう」

納得がいかない暁の横顔に、深月の心がふわりと温かくなる。

「暁さま……」

それから深月は、彼が座るソファの隣に腰を下ろし、改めて謝意を述べた。

「このたびは本当にありがとうございました。そして、お怪我を負わせてしまい、申し訳ございません」

「もう何度も聞いた。これぐらいかまわない」

暁は「耳にたこだ」と口角を上げる。

彼の頬や首、腕には引っかき傷が多くある。記憶にないのだが、暴走した深月がつけたものらしい。

「それと、あのとき……わたし、特別になりたいと言っていたと思うんですが」

「…………」

恥じらって膝に視線を落とした深月を、暁は無言であごを引きながら見つめた。

「自分でも夢中で……すみません」

「なぜ謝るんだ？」

暁は肩をすぼめ、横から顔を覗き込んでくる。

反射的に仰け反ってしまう深月だが、暁は気にせず答えを待っていた。

「暁さまを治癒したとき、聞いてしまったんです。暁さまのご家族や近しい方々が稀血によって殺されてしまったと」

「……ああ、そうだな。蘭士から聞いたのか。それで？」

「わたしも稀血です。暁さまにとってはいろいろと複雑でしょうから。と、特別になりたいだなんて突然そんなこと言われてもご迷惑でしょうし。だから、わたしの発言は気にしないでいただけると……」

言葉がまとまらないまま口にしてしまい、深月はいますぐにでも穴を掘って隠れたい衝動に駆られた。

「もしや、朋代さんから聞いていた、君が部屋で考え込んでいたという理由はそれだったのか？」

「そうですね。あのときは初めて見た禾月に動揺してしまい、同時に暁さまの仇が稀血だと知って、負い目を感じていました」

「確かに身内は稀血に殺された。いまでも許せないし、行方を探している。だから君と初めて会ったときも私情がかなり入っていた。だが……君は違う。迷惑だとも俺は思わなかった」

　感情の戸惑いが、口調から伝わってくる。特命部隊隊長としてではなく、女性を前にして不慣れな彼の仕草に、深月はそっと顔を上げた。

「いや……その前に、確認させてほしい」

　また、きりっと眉とまぶたを近くして、軍人らしい凛々しい顔つきになる。

　なんだか出会った当初にもそんなふうに言われたような。

　深月がうなずくと、暁は居住まいを正した。

「帝国軍は君の身柄を引き続き特命部隊預かりにすると決めている。君の身柄の保護は軍にとって好都合だということだ。だが、そこに君の意思は含まれていない。君は以前と違って自分の意思でこの先を選べる。暴走にも打ち勝った。どんな存在だろうと、君の未来は君が選択して取るべきだ。だから確認させてほしい。特命部隊に身を置くか、それともほかに場所が――」

「わたしはここがいいです。この先もここに。猫ちゃんも特命部隊で飼うことになって、名付けを任されました。朋代さん、不知火さん、羽鳥さんとも、少しずつ仲良くさせていただいて、なにより暁さまがいてくれます。ここがわたしの、いたいと願う居場所です」

　暁が最後まで話すよりも先に、深月は答えていた。

彼は食い気味に声を出した深月をおかしそうに見つめている。

「なら、改めて俺個人として言わせてくれ」

暁の表情が和らぐ。

深月を見つめて、彼らしく真摯に告げてくる。

「ここにいてくれないか。これまでと変わらず花嫁として」

「……契約ですか？」

聞き返すと、暁はほんのり眉を下げた。

稀血の情報は相変わらず秘匿にされている。これからも特命部隊で過ごすなら、表向きの立場が必要だ。

「そうだな……君以外にはしない、契約だ」

少しばかり緊張した様子で、それでも暁は一心に告げる。

出会ってすぐの頃は恐ろしくもあった彼が、信頼を置ける人になった。

あのときは深月に選べる余地がなかった。けれどいまはすべてが違う。深月自身も、お互いが抱いている心象と、ふたりの関係も。

「……はい、よろしくお願いします」

丹精込めて咲いた花のように、深月は微笑んだ。

互いに不慣れな感情に翻弄され、しかし本当の意味ではまだ、気がついていない。

それでも深月は思う。

（いまは、この人のそばにいられることが、ただ嬉しい）

彼の美しい顔がいままでにない新たな表情を作るたび、胸が躍る。

あの夜の暴走で、この体は稀血として覚醒した。だけど禾月の特性を思い出し、月の光が怖いと感じるようになっても、同様の色をした彼の瞳を見れば心が穏やかになっていく。

そしてこの時間も、特別になっている。

深月が無言のまま頬を緩めると、暁は不思議そうにしながらも笑みを返した。

「君の笑顔は、何度でも見たくなる」

なにもない自分が見つけた導。

暁の優しい満月のような瞳に、深月は愛おしさを感じるのだった。


このときは、まだ想像もつかない未来。

いつか最愛になるふたりが、初めての恋を自覚した。

淡い想いをまとわせる貴重なひととき。

窓辺に落ちたうららかな日差しは、次の季節を予感させる。

耐えるばかりだった寒い冬は終わりを告げ、彼らに訪れようとしているのは、これまでとはあきらかに違った新しい日々。
春は、もうすぐそこまで来ていた。

完

あとがき

こんにちは、夏みのると申します。

このたびは『鬼の軍人と稀血の花嫁』をお手に取っていただき、誠にありがとうございます。

本作は、小説投稿サイト『ノベマ！』のキャラクター短編小説コンテスト「あやかし×恋愛」で優秀賞をいただき、長編に書き直して書籍化した作品になります。

大好きな『あやかし×恋愛』というお題で物語を練っていたとき、まず最初に思ったのが「ヒロイン側にあやかし要素や特別感を出したい！」でした。

そうして生まれたのが、稀血という人間と禾月の血を受け継いだ、ヒロインの深月です。

完全なあやかしとは違った立場にあり、人間と禾月の血のあいだで板挟みになる深月の葛藤や心情を、短編よりさらに深く描けてとても楽しかったです。

次に、物語で必要不可欠なヒーローですが、性格やタイプを考えていたとき、名前と一緒にぱっと自然に浮かんだのが暁というキャラクターでした。

自分の責務を全うすることが第一という冷たい軍人と思いきや、作中で深月も驚いていたほどに本当は優しい心根を持った青年です。

そんな、過ごした環境が異なる中で、心に傷を負ってきたふたりが出会い、特別な感情を抱いていく過程や成長を、少しでも楽しんでいただけたら嬉しく思います。

本作は、深月と暁が恋を淡く自覚した段階でラストを締めくくりましたが、この先も偽りの花嫁候補を演じつつ、紆余曲折ありながらふたりの関係がさらに進展していくことを作者の私も切に願っております。


今回、素敵な表紙を手がけてくださったのは、イラストレーターの北沢きょう先生です。ふたりの魅力を最大限に引き出してくださり、本当にありがとうございました！

また、書籍化作業にあたり、多くのアドバイスやサポートをしてくださった担当編集さま、的確なご指摘をくださった校正さま、本当に本当にお世話になりました……!!

そして、書籍の出版、販売に携わってくださった多くの方々に感謝を申し上げます。

最後にもう一度、『鬼の軍人と稀血の花嫁』を読んでくださった皆さまに心からのお礼を申し上げます。本当にありがとうございました。

夏みのる

この物語はフィクションです。実在の人物、団体等とは一切関係がありません。

夏みのる先生へのファンレターのあて先
〒104-0031　東京都中央区京橋1-3-1　八重洲口大栄ビル7F
スターツ出版（株）書籍編集部 気付
夏みのる先生

鬼の軍人と稀血の花嫁

2023年12月28日　初版第1刷発行

著　者　　夏みのる　

発 行 人　菊地修一
デザイン　カバー　粟村佳苗（ナルティス）
フォーマット　西村弘美
発 行 所　スターツ出版株式会社
〒104-0031
東京都中央区京橋1-3-1　八重洲口大栄ビル7F
出版マーケティンググループ　TEL 03-6202-0386
（ご注文等に関するお問い合わせ）
URL　https://starts-pub.jp/
印 刷 所　大日本印刷株式会社

Printed in Japan

ISBN　978-4-8137-1521-4　C0193

スターツ出版文庫　好評発売中!!

『青に沈む君にこの光を』

退屈な毎日に息苦しさを抱える高一の凛月。ある夜の帰り道、血を流しながら倒れている男子に遭遇する。それは不良と恐れられている同級生・冴木だった。急いで救急車を呼んだ凛月は、冴木の親友や家族と関わるようになり、彼のある秘密を知る…。彼には怖いイメージと正反対の本当の姿があって──。（「彼の秘密とわたしの秘密」汐見夏衛）他、10代限定で実施された「第２回 きみの物語が、誰かを変える。小説大賞」受賞３作品を収録。10代より圧倒的支持を得る汐見夏衛、現役10代作家３名による青春アンソロジー。

ISBN978-4-8137-1506-1／定価660円（本体600円+税10%）

『君がいなくなるその日まで』　永良《ながら》サチ・著

心臓に病を抱え生きることを諦めていた高校２年生の舞は、入院が長引き暗い毎日を送っていた。そんな時、病院で同じ病気を持つ同い年の男子、慎に出会う。辛い時には必ず、真っ直ぐで優しい言葉で励ましてくれる慎に惹かれ、同時に明るさを取り戻していく舞。しかし、慎の病状が悪化し命の期限がすぐそこまで迫っていることを知る。「舞に出会えて幸せだった──」慎の本当の気持ちを知り、舞は命がけのある行動に出る。未来を信じるふたりに、感動の涙が止まらない。

ISBN978-4-8137-1505-4／定価660円（本体600円+税10%）

『夜を裂いて、ひとりぼっちの君を見つける。』　ユニモン・著

午後９時すぎ、塾からの帰り道。優等生を演じている高１の雨月は、橋の上で夜空を見上げ、「死にたい」と呟いていた。不注意で落ちそうになったところを助けてくれたのは、毎朝電車で見かける他校の男子・冬夜。「自分をかわいそうにしているのは、自分自身だ」厳しくも優しい彼の言葉は、雨月の心を強烈に揺さぶった。ふたりは夜にだけ会う約束を交わし、惹かれあっていくが、ある日突然冬夜が目の前から消えてしまう。そこには、壮絶な理由が隠されていて──。すべてが覆るラストに、心震える純愛物語。

ISBN978-4-8137-1507-8／定価660円（本体600円+税10%）

『龍神の100番目の後宮妃～宿命の契り～』　皐月《さつき》なおみ・著

天涯孤独の村娘・翠鈴は、国を治める100ある部族の中で忌み嫌われる「緑族」の末裔であることを理由に突然後宮入りを命じられる。100番目の最下級妃となった翠鈴は99人の妃から虐げられて…。粗末な衣装しか与えられず迎えた初めての御渡り。美麗な龍神皇帝・劉弦は人嫌いの堅物で、どの妃も門前払いと聞いていたのに「君が宿命の妃だ」となぜか見初められて──。さらに、その契りで劉弦の子を身籠った翠鈴は、一夜で最下級妃から唯一の寵姫に!?　ご懐妊から始まるシンデレラ後宮譚。

ISBN978-4-8137-1508-5／定価693円（本体630円+税10%）